U0028254

記憶中的妳

君の話

Miaki
Sugaru
三秋　縋

邱香凝　譯

我們啊，只有名字像泡泡一樣膨脹，戀慕夢幻戀人而心焦。
接受吧。把這假象轉變為真實的是你自己。

——埃德蒙・羅斯丹《風流劍客》

01 Green · Green

我有個連一次都沒見過面的青梅竹馬。我沒看過她的長相，沒聽過她的聲音，也沒碰過她的身體。儘管如此，我卻深知她長得有多可愛，深知她的聲音有多溫柔，深知她的手握起來有多麼暖。

她不實際存在。說得更正確一點，她只存在我的記憶中。這麼說起來好像在講死去的人，其實不是的。打從一開始，她就不曾實際存在過。

她是只為我而打造出來的女孩，名叫夏凪灯花。

她是個義者。住在義憶裡的人。講得直白一點，就是虛構人物。

我父母熱愛虛構勝過一切。或者說，他們比什麼都憎恨現實。與其去旅行，不如買旅行的義憶。比起舉辦派對，他們寧可直接買下舉辦派對的義憶。如果要舉行婚禮，倒不如買舉行婚禮的義憶就好。我就是在這樣的父母撫養下長大。

真是個扭曲的家庭。

父親經常喊錯母親的名字。就我實際聽過的，大概就有五種錯誤的叫法。明明有自己的家庭，父親卻買了好幾個「蜜月」。從當得起他母親年齡的女人，到可以當他女兒年齡的女人，他收集了好多義者前妻，每隔十歲就來一個。

母親則連一次也沒有叫錯父親的名字。取而代之的是，她老叫錯我的名字。我明明是獨生子，母親卻似乎有四個小孩。除了我之外，她還有三個來自「天使」的義者小孩。那三個人的名字有共通點，只有我沒有。

要是我也經常叫錯父親名字，那就形成完美的循環了。可惜的是，少年時代的我沒有任何義憶。父母從來不曾下手改造我的記憶。不是不想為了小孩花錢買義憶。雖然我家滿是缺陷，唯有金錢一點也不缺。不給我買義憶，純粹出於他們的教育方針。

大家都知道，在人格形成期用不求回報的愛與成功體驗義憶灌入孩子腦中，對孩子的情感發展有正面影響。這種影響，有時甚至超越真正不求回報的愛與成功體驗。配合每個小孩個性適度調整的虛擬記憶，比佈滿噪點的真實體驗更能對人格產生直接作用。

我的父母不可能不知道這一點。然而，他們還是不打算買義憶給我。

「義憶這種東西啊，和義肢、義眼一樣，充其量只是用來彌補缺陷的東西。」只有一次，父親這麼對我說。「等你長大，知道自己欠缺什麼了，再去買喜歡的義憶就好。」

這是義憶廠商及診所擁護記憶更改技術時最愛說的一句話——說好聽一點就是用這個藉口來消除透過義憶捏造過去時產生的罪惡感——看來爸媽是把這句話照單全收了。具體來說到底有什麼缺陷，非得要有五個前妻才能彌補，我實在有點難以想像。

他們兩人活在虛構的過去中，極力避免現實中與家人扯上關係。彼此之間只有最低限度的溝通，三餐各吃各的，每天一大早出門，深夜才回家。放假日各自出遠門，要去哪也不會先說。他們似乎認定這個家裡的自己不是真正的自己。又或者，要是不這樣想，他們就活不下去了。還有，不用說也知道，他們不在家的時候，總是把我一個人丟著不管。

既然無法盡到為人父母的義務，何不乾脆把小孩丟到義憶之中就好呢？少年時代的我經常這麼想。

在不懂真正的愛也不知虛偽的愛為何物之下成長的我，終究成為一個完全不知道如何愛人也不知道如何被愛的人。無法順利想像自己被他人接受的狀態，打從一開始就放棄與他人溝通。就算運氣好有人關心我，「總有一天這個人也會對我失望」的毫無根據預感一定會襲擊我，使我寧可在那種事發生之前自己推開對方。拜此之賜，整個青春時代我都過得非常孤獨。

十五歲那年，父母離婚了。儘管他們辯解這是早就決定的事，我內心浮現的只有「那又怎樣」的感想。難道他們以為仔細思考才犯下的罪就比較輕嗎？殊不知計畫殺人的罪名比衝動殺人還重。

推來推去的結果，我的撫養權落在父親手中。從此之後，我只在旅行途中巧遇過母親一次。那時，她就像完全沒看見我這人似的，對我不置一顧地從身邊經過了。就我所知，母親不是演技精湛的人，這麼說來，她大概是用「忘川」把與我們這一家相關的記憶都消除了吧。

對現在的她而言，我只是個陌生人。

我錯愕得過了頭，甚至有點佩服了。能夠切割到這種程度，我單純羨慕這樣的生存之道。不如我也向她看齊好了。

那是滿十九歲又半年左右的事。

我在沒開燈的房間裡喝廉價酒，不經意回顧起自己這半輩子，忽然察覺十九年來，我連一個像樣的回憶都沒有。

在這之前過的完全是灰色的每一天。幼稚園、小學、國中、高中、大學……沒有濃淡，不分明暗，無任何抑揚頓挫的單調灰色，直線延伸到地平線的盡頭。從中連一點無力的青澀都找不到。

原來如此，就是像我這樣空洞的人，才會緊抓著虛偽的回憶不放。我切身理解了這一點。

但是，我還是不打算購買義憶。或許是想對充滿謊言的原生家庭表達叛逆，包括義憶在內，我痛恨所有虛構的東西。再怎麼無滋無味的人生，都要比充滿虛飾的人生好多了。再美好的故事，只要是編造出來的，看在我眼中便毫無價值。

雖然不需要義憶，調整記憶這個想法倒是不賴。從那天起，我開始沒日沒夜打工。儘管父親寄給我足夠的生活費，在這個問題上，我希望盡可能靠自己的力量解決。

賺錢的目的，是為了買「忘川」。

既然是什麼都沒有的人生，乾脆全部忘光算了。

本該有什麼的空間裡卻什麼都沒有，因為這樣才覺得空虛。要是連空間本身都了，這份空虛感也會隨之煙消霧散吧。

沒有容器，就無「空洞」可言。

我想接近完全的零。

花四個月存了資金，一從帳戶裡領出打工存的錢，我立刻前往診所。為了製作「履歷表」，花半天時間接受完諮商才筋疲力盡地回家。一個人喝酒慶祝，有生以來，第一次擁有完成了什麼的成就感。

諮商當下因為用了去抑制劑進入催眠狀態，結束後我也不記得自己說過什麼。只是，離開診所一人獨處後，內心忽然湧上「說太多了」的後悔。我猜自己大概提出了什麼難為情的希望吧。雖然模糊，但有這種感覺。即使大腦不記得，身體某處可能還有印象。

一般來說必須花上幾天才能完成的諮商，我也只花半天就做完了。一定是因為過去太空洞的關係。

一個月後，裝有「忘川」的包裹送達。我曾看過好幾次父母服用奈米機器人改變記憶的樣子，連說明書都不用看就會了。將包在藥包裡的粉末狀奈米機器人溶入水中，一口氣喝乾。接著只要躺在地上，等待那段灰色的時光染成白色就好。

這樣就能全部忘光了。我這麼想。

當然，實際上並非消除所有記憶。過日常生活必須用到的記憶就得保留，原本會受到「忘川」影響的，也就只有情節記憶而已。即使同為陳述性記憶，語意記憶就不會受到影響。至於非陳述性記憶，那就更是會原封不動保留下來。這是記憶更改奈米機器人的共通特徵，因此，在植入記憶時也有同樣的限制。能即席提供全知全能的「謨涅摩敘涅」開發之所以遇到瓶頸，原因也出在這裡。因為服用「忘川」而失去知識或技能的事不可能發生，損失的只是回憶。

我要求消除的對象，是六歲到十五歲的所有記憶。一般人要求消除記憶時，多半指定「消除與××相關的記憶」，聽說像我這樣一口氣把某段期間所有記憶全部消除的消費者很罕見。要說理所當然也是理所當然，他們消除記憶的目的只是排除人生中的苦惱，不是抹煞整個人生。

朝桌上的時鐘望去，不管經過多久，記憶喪失的徵兆卻遲遲沒有出現。照理說只要五分鐘，就夠奈米機器人橫渡整個大腦，三十分鐘就能完成記憶的消除了才對。現在已經過了一小時，少年時代的記憶仍無任何變化。七歲去上游泳課時溺水的事還想得起來，十一歲得肺炎住院一個月的事還記得，十四歲左右遇到事故膝蓋縫了三針的記憶也還在。母親那些虛構女兒的名字，父親那些虛構前妻的名字，沒有一個想不起來。我漸漸感到不安，該不會買到假貨了吧。不、說不定消除記憶就是這麼回事。某些記憶完全消失的時候，人們是連記憶已經消失的事都沒發現。

就在我這麼說服自己，試圖打消不安念頭時，忽然感覺到有異物混入我的過去。

慌忙起身，拿出丟進紙屑桶的包裹和內附的說明書。

一邊祈禱事情不是那樣。可是，事情真的是那樣。

不知道出了什麼差錯，寄到我手中的不是「忘川」，而是專門用來消除青春期自卑感，內建為使用者提供虛構青春時代程式的奈米機器人——

「Green・Green」。

灰色沒有被染成白色，而成了綠色。

也不是不能理解為何診所的人把這兩樣東西搞錯。我猜，負責我的那位諮商師在我說明「因為青春時代沒有好的回憶，所以想忘記一切」時，只聽了前半句就急著做結論了。

確實，一般人是那樣沒錯。如果沒有好的回憶，那就製造些好的回憶出來，這麼想的確比較自然。沒有提醒對方是我自己的責任，最致命的是，在資料上簽名時我也沒好好確認內容。

因為這個錯誤，我不期然地成為自己最瞧不起的那種人。

不得不說，這使我感到命運的捉弄。

一跟診所傳達收到的東西跟訂的不一樣，對方很快就打來賠罪，半個月後並寄來兩個「忘川」。一個用來消除我原本少年時代的回憶，另一個則是用來消除與「夏凪灯花」這個虛構人物相關的虛擬記憶。

然而，兩個我都提不起勁服用，包裝都沒拆就收進櫃子深處。連把那東西放在眼睛看得到的地方都有些猶豫。

因為我害怕。

不想再嘗試一次那種感覺了。

老實說，當我知道自己吞下的不是「忘川」，而是「Green・Green」時，打從內心鬆了一口氣。

我也終於明白，為什麼和其他奈米機器人比起來，反覆服用「忘川」的人少得近乎極端。

就這樣我腦中被烙下了虛構的青春時代記憶，不過，那青春歲月的模樣有些偏頗。按理說，「Green・Green」提供的義憶應該齊全地包括了與友人快樂共度的回憶及與夥伴共同跨越困難的回憶等等，不知為何，我的青春時代義憶內容，全部集中在與一個青梅竹馬有關的情節。

製造義憶，根據的是以諮商時獲得的情報資訊透過程式分析做出的系統整理——

一般稱此為「履歷表」。換句話說，製造義憶的義憶技師會先看過我的「履歷表」，再判斷「這傢伙需要這樣的過去」，接著才著手製造。

我也大概明白為何登場角色只有一個青梅竹馬。像我這種沒能從家人身上享受親情，青春時代又過著沒朋友沒戀人日子的缺陷人士，給我一個兼具家人、朋友與戀人身分的青梅竹馬再適合也不過。義憶技師一定是這麼想的吧。集中在一個角色上，也省去製造複數登場人物的麻煩，還可以把省下的力氣用來深入塑造這唯一的角色。

事實上，對我來說，沒有比夏凪灯花更適合的對象。她的一切皆符合我的喜好，說起來就是我的極致完美女孩。每次一想到她，我都忍不住心想「啊，要是這樣的女孩真的是我的青梅竹馬，我一定能度過非常美好的青春時代」。

正因如此，我對這個義憶非常不爽。

自己腦中最美好的記憶竟然出於他人之手，這豈不是太空虛了。

✦

差不多該醒來了比較好喔。她這麼說。

還沒關係啦。我閉著眼睛說。

再不起來我要鬧你了喔。她在我耳邊說。

要鬧就鬧啊。我這麼說，翻了一個身。
讓我想想怎麼鬧比較好～她嘻嘻笑著說。
等一下我會好好報仇的。我也笑著說。
這位客人。她用客氣的語氣說。
灯花妳也睡一下嘛。我這麼引誘她。
「這位客人。」
我醒了。
「您沒事吧？」
朝聲音的方向望去，一位穿著浴衣樣式制服的女店員彎身窺看我。我用渙散的眼神打量四周，過了一會兒才想起這裡是居酒屋。我好像是喝了酒，不知不覺睡著了。
「您沒事吧？」女店員再次詢問。我感覺像夢境被偷窺，沒來由有點尷尬。強裝平靜地說，可以給我一杯水嗎？女店員微笑點頭，轉身去拿水壺。
看一眼手錶，沒記錯的話，坐下來喝酒是下午三點的事，現在已經六點多了。一口喝乾店員倒來的水，結完帳走出店外。踏出戶外的瞬間，一股黏膩熱氣籠罩全身。想到家裡冷氣壞掉的事就提不起勁，現在家裡一定熱得像三溫暖吧。
商店街人潮洶湧。跟剛才那位店員穿的假浴衣不一樣，身穿正式浴衣的女孩們從我面前嘻嘻哈哈經過。混雜燒焦醬汁與烤肉香氣的白煙從某處飄來，刺激我的鼻腔。

人們說話的聲音、攤販的叫賣聲、行人專用號誌燈的引導聲、發電機低沉的引擎聲，還有遠方傳來的汽笛聲和如同地震般的太鼓聲，所有聲音混在一起，撼動著整個城鎮。

八月一日。今天是舉行夏日祭典的日子。

我只覺得，那是與我無關的節日。

與前往會場的人逆向前進，朝自家公寓方向走。隨著天色愈來愈暗，人潮的密度有增無減，一個不小心就會被推著往回走。擦身而過的人汗濕的臉在夕陽照耀下泛著淡淡的橘色光芒。

打算抄捷徑而走入神社，卻發現這決定真是失策。參拜道兩端擠滿來逛攤販的人和來休息的人，把神社境內擠得水洩不通。在人群裡擠著擠著，胸前口袋裡放的香菸都擠扁了，襯衫染出一塊污漬。路人的木屐踩了我的腳尖，我已經無法靠自己的意志力決定前進方向，只好自暴自棄地隨波逐流，等待被人群自然而然擠到外面。

終於脫離神社境內，踏上通往出口的石階。就在這時——

忽然聽見了聲音。

——噯、要不要接吻看看。

我知道。這是「Green．Green」幹的好事。這只不過是夏日祭典勾起聯想而產生的幻聽。在居酒屋裡作的那個夢大概還陰魂不散。

為了轉移注意力，我試著想點別的事。可是，一旦開始聯想，愈阻止它愈是加速擴散。浮現腦中的義憶愈來愈鮮明，回過神時，我的意識已經回到那虛構的少年時代。

「大家好像都以為我們在交往喔。」

我和灯花到家附近的神社參加夏日祭典。逛完一遍攤販後，並肩坐在參拜殿後面的石階角落，底下的擁擠人群映入眼簾。

我穿的是跟平常差不多的便服，灯花倒是鄭重地穿了一身浴衣。煙花圖案的深藍色浴衣，搭配紅菊花髮飾。浴衣和髮飾顏色都比去年穿戴的顏色更穩重些，拜此之賜，她看起來比平時更成熟。

「明明只是兒時玩伴。」

這麼一說，灯花喝一口顏色看起來很傷身的果汁，輕咳了一下。接著，像觀察我反應似的往這邊偷看。

「要是看到我們兩人像這樣在這邊，誤會又要加深了啦。」我小心選擇遣詞用字。

「的確。」灯花嘻嘻一笑。接著，她像忽然想起什麼似的，把自己的手疊在我手上。「要是再看到這個，誤會可能就更深了。」

「別這樣。」

嘴上這麼說，我的手並未拒絕灯花。取而代之的，是裝作若無其事的樣子左顧右盼。一半是擔心被認識的人看見調侃而不安，一半是心想乾脆被看見調侃也好的期待。

不、期待的成分或許大一點。

我十五歲，那陣子開始強烈意識到灯花是個異性。起因是升國二後我們讀不同班，兩個人在一起的時間急速減少。原本被我當家人看待的青梅竹馬，其實和班上女同學一樣也是異性。我花了一年時間深切體認到這一點。

同時，我很清楚自己受到身為異性的她強烈吸引。拋棄各種先入為主的觀念退一步看，夏凪灯花著實是個美麗的女孩。從那之後，我有時會望著這張早該看慣的側臉出神，看到她和其他男生講話時坐立不安的情形也增加了。

至今我對異性從未感興趣，或許因為打從一開始，理想的對象就在身邊。我這麼想。

長年的交情讓我立刻明白，灯花的心境和我產生了一樣的變化。從國二那年夏天起，她對我的態度微妙地不自在。表面上言行舉止和過去完全沒有不同，但仔細觀察就知道，她只是在模仿自己過去對我的態度。為了維持不拘小節的關係，她也用她的方式在努力。

升上三年級後，我們再度同班，像是對過去一年的反彈，我倆變得總是形影不離。雖然沒有直接確認彼此心意，有時會做出看似不經意的試探。剛才她說出那番「被人當成一對戀人」的言詞，就是為了試探我聽了會不會不高興。用半開玩笑的方式握住我的手也是一種窺探我反應的方法。

在種種嘗試與失誤中，我們逐漸確信對方和自己心意相同。

那天，灯花進行了最後的確認工作。

「嗳、要不要接吻看看。」

視線依然定格於眼下的光景，坐在我身旁的她這麼說。

語氣聽來像是心血來潮，但是，我知道她準備這句話準備很久了。

因為，我也一直在準備同一句話。

「不然這樣，我們來確認一下是不是真的只是兒時玩伴嘛。」灯花用輕鬆的語氣這麼說。「說不定比預料中的還心動喔。」

「很難說喔。」我也用輕鬆的語氣回應。「我猜應該什麼感覺都沒有吧。」

「是嗎。」

「試試看啊。」

灯花對著我閉上眼睛。

這充其量只是好玩。一場為了滿足好奇心而做的實驗。真要說的話，接吻又不是什麼大不了的事。先這樣一如往常地拉好預防線，我們才狡詐地交疊雙唇。

嘴唇分開後，我們像什麼都沒發生過似的，再次面向前方。

「感覺如何？」我問。聲音莫名乾澀低沉，好像不是自己的聲音了。

「嗯……」灯花緩緩歪頭。「好像沒有太心動的感覺。你呢？」

「我也是。」

「這樣啊。」

「我就說了吧？什麼感覺都不會有的。」

「嗯。果然，我們好像真的只是兒時玩伴。」

交換著毫不修飾的對話。其實我現在就想再親吻灯花一次，也想一一確認接下去會發生的事。從她流轉的眼神與顫抖的聲音，我知道她懷著一樣的心思。回我第一句話前短暫的停頓，也是為了先把「搞不太清楚到底是怎樣，不如再試一次」這句台詞吞回去。

她原本大概打算順水推舟告白吧。事實上，我也擬定過類似的計畫。可是，就在與她雙唇重合的那短短幾秒內，我的想法大幅轉變。整個身體的細胞都在發出警告，說不能再有更多進展。

再進展下去，一切都會改變。

一時的刺激與興奮換來的，是失去兩人之間所有恬然舒適的感覺。

我們將再也無法恢復現在的關係。

灯花應該也察覺到一樣的事了吧。所以才會臨陣抽換計畫，讓一切止於玩笑。

我由衷感謝她的謹慎判斷。如果她不假思索坦承心意，我是無論如何也無法拒絕她的。

回家路上，灯花想起什麼似的說：

「對了，我是第一次喔。」

「什麼？」我裝傻。

「接吻啊。千尋你呢？」

「第三次。」

「欸！」灯花瞪大眼睛停下腳步。「什麼時候？跟誰？」

「妳不記得了嗎？」

「……難道是……跟我？」

「七歲的時候在我家壁櫥裡，十歲的時候在灯花家書房。」

幾秒鐘的沉默之後。「啊、對耶。」灯花恍然大悟地說。

「好厲害，記得這麼清楚。」

「是灯花太健忘了。」

「不好意思。」

「今天的事，過個幾年妳也會忘記吧。」

「這樣啊，是第三次了啊。」

灯花默不吭聲，過了一會兒才微笑說：

「那我跟你說，其實是第四次啦。」

這次輪到我驚訝了。

「什麼時候？」

「不告訴你。」她一臉正經。「不過，還滿最近的喔。」

「我沒印象耶。」

「因為千尋你睡著了啊。」

「……我都沒發現。」

「啊哈哈，因為我故意不讓你發現嘛。」

「太奸詐了。」

「很奸詐吧。」

灯花得意地笑了。

這麼說的話，應該是第五次才對。我用她聽不見的聲音嘟噥。奸詐的，不是只有妳。

我腦中有無數這類虛擬記憶，甜膩得彷彿撒滿砂糖的點心。這類記憶動不動就在腦中復甦，比真正的記憶還要鮮明，劇烈動搖我的心。

教人困擾的是，義憶和普通記憶不一樣，別指望它會隨時間經過而忘卻。義憶就像刺青，不是會自然消失的東西。根據某個臨床實驗，如果在新型阿茲海默症患者腦中移植義憶，就算原本的記憶全部忘記了，義憶還會暫時保留一陣子。奈米機器人的記憶改造就是這麼穩固。想忘記用「Green・Green」製造的義憶，唯一的方法只有服用專門調配來消除義憶的「忘川」。

是要克服恐懼服用「忘川」，還是跟義憶妥協。我在這兩個選項之間搖擺了很長一段時間。

只要義憶一天不消失，我大概將永遠困在實際並不存在的青梅竹馬回憶中。

低下頭，嘆口氣，對這優柔寡斷的自己感到厭煩。

鳥居就在眼前。沉浮於義憶之海的時候，我似乎已被人群推抵神社出口。這下總算能逃離夏日祭典，我一陣安心。要是繼續待在這裡，腦中只會不斷浮現根本沒存在過的往昔。

某處傳來什麼東西迸裂的聲音，我反射性抬頭，正好看見高高打上遙遠夜空的煙火。隔壁鎮在舉行煙火大會嗎？我低垂視線。

好像聽到誰對我說，現在馬上回頭。

下意識放慢腳步。

轉頭往後看。

瞬間就在人群中找到了。

她也正轉頭看這邊。
對，是個女生。
黑色長髮留到肩胛骨。
穿著煙花圖案的深藍色浴衣。
引人側目的白皙皮膚。
紅色菊花髮飾。
四目交接。
時光停止。
我直覺領悟到。
她也擁有與我相同的記憶。
夏日祭典的喧囂從耳邊遠去。
除了她，一切盡失顏色。
我心想，得追上去才行。
得問問她是怎麼回事才行。
我正朝她走去。
她也正朝我走來。
然而，人潮毫不留情地沖散了我們。
一轉眼就看不見她的身影。

02　螢之光

如果像我這樣的人交了朋友，對方一定跟我一樣是個空洞的人吧。少年時代的我經常籠統地這麼想。沒有朋友也沒有戀人，沒有優秀的資質和傲人的經歷，沒有任何溫暖回憶，典型「一無所有的人」。我以為遇到這樣的人時，自己一定就能交到有生以來第一個朋友了。

對我來說，江森是第一個（也是目前為止的最後一個）朋友，可是，他卻和我想像的完全不同，是個「擁有許多的人」。他朋友眾多，戀人一個換過一個，精通三國語言，認識我時已經確定在一間超大規模企業找到工作。簡單來說，江森與我完全相反。

和他變熟是十九歲那年夏天的事。當時我們就讀同一所大學，住在同一棟公寓。我住二〇一號房，他住二〇三號房，在我隔壁的隔壁。我經常看見他帶女生回家，每個月都不同人，而且各個漂亮得不像話。在校園裡也常遇見他，總是在一大群朋友簇擁下笑得很幸福。每逢大學舉辦什麼活動，中心人物大概都是他。只要江森出現在舞台上，四下就是一陣尖叫歡呼。

原來如此，還有這種人生啊。我由衷佩服。那完全是超乎我想像的世界。

能把被喜歡當作理所當然，那究竟是何種心情？

這樣的江森為何和我這個活在陰影下的人愈走愈近，至今我還想不明白。或許對他而言，這就像是某種異文化交流。他也在我身上看到超乎自己想像的世界，為了像實踐某種社會學習般就近觀察我也說不定。

也有可能，他需要一個絕對不會洩漏秘密的說話對象。儘管多數人對他保持善意，正因如此，視他為敵的人一定也不少。想找個人分享秘密又不怕把話傳到那些人耳中，我或許是最適合的對象了。

總而言之，我們成為朋友。這就是一切。是江森主動接近我的。他用一種自己絕對不可能被我拒絕的態度與我接觸，看到他那種態度，我也開始覺得除了接受之外不可能有第二個答案。原來如此，被愛養大的人都是用這種方式獲得更多的愛嗎？我這麼想。

由於我完全沒有能與他人分享的話題，和江森在一起時，通常都是他一個人講話。我就在一旁愛聽不聽的，偶爾回兩句牛頭不對馬嘴的話。心想，這麼一來他將會漸漸對我的沒有內涵感到失望，擅自離去了吧。沒想到，結果一直到他大學畢業搬到遠方之後的現在，我們的交情依然持續。

睽違半年的重逢。江森並未先打電話來問我方便與否之類的，無預警就跑來我住的地方。我去應門時，只見他說聲「唷」，舉起手上的袋子。裡面裝著兩手罐裝啤酒。一切都和那時一樣。只一瞬間就填補了半年的空窗。

我隨便選了些下酒零食，身上的家居服也沒換掉，套上拖鞋就出門。江森無言點頭往前走，我跟在後面。

不用說也知道，目的地是附近的兒童公園。

那是個蕭條的公園。叢生的雜草長得跟人一樣高，遠看會以為只是一處空地。遊具都生著紅色的鐵鏽，光摸就覺得好像會因此生什麼怪病。在這種彷彿終結了孩子們夢想的地方喝酒，就是我們的規矩。

月亮很美的夜晚。林立樹木圍繞下的狹小公園內，只在鞦韆前方有一根燈柱，但就連它的燈泡也壞了。幸好還可拜月光之賜，勉強辨認出遊具的位置。

撥開草叢進入其中，像事先約好似的，江森坐熊貓，我坐無尾熊。因為公園角落的長椅被雜草掩沒無法使用，我們只好拿這種彈簧遊具代替椅子。雖然坐起來搖晃不定很不好坐，總比直接坐在地面好。

拉開罐裝啤酒拉環，我們也沒碰杯就各自喝起來。大概已經買回來一段時間了吧，啤酒都不冰了。

我們會開始在公園喝酒，是有一些小緣故的。在我入學前一年，大學裡有個學生死於急性酒精中毒，因為死者還未成年，附近賣酒的店家開始嚴格檢查年齡。所以，每次我們要喝酒，就由江森負責去買，我負責準備下酒零嘴，再兩個人一起到公園裡喝，這個模式就這麼固定下來。

既然住在同一棟公寓，也不是不能去其中一人家裡喝。可是按照江森的說法，

「喝酒時離家愈遠愈好喝」。於是，我們想找個徒步可至，又不用擔心被人看見的地方，最後找到的就是這個兒童公園。

「最近怎麼樣？有沒有什麼有趣的事？」江森問，看起來倒是不抱太大期待。

「沒有，我還是過著像獨居老人一樣的生活啊。」我回答。「江森呢？有沒有什麼有趣的事？」

他仰望夜空，沉思了四十秒左右。

「我朋友遇到詐騙。」

「詐騙？」

他點點頭。「就是人家說的約會推銷啦。利用戀愛情感，讓對方買下昂貴的畫作，甚至還有騙人買公寓的。以詐騙手法來說一點也不新鮮，只是我那個被騙的朋友講的話有點意思。」

被騙的是個姓岡野的男生，騙子則據說是個自稱池田的女生。

事情經過是這樣的：有天，岡野的網路社群帳號信箱收到一封訊息，寄件人是個叫池田的女生，訊息內容寫著：「我是你小學同學，還記得我嗎？」

他回溯記憶，想不起同學裡有叫池田的女生。心想大概是無良商人的推銷手段，就決定視若無睹。沒想到，隔了一天後，又收到池田傳來的訊息。內容提到對自己唐突傳訊感到抱歉，只是最近一直都是一個人獨處，可能太寂寞了。一發現以前住在同個鎮上又認識的人，就高興得忍不住傳出了訊息。最後還說，這封訊息不用回應沒關係。

讀到這封訊息，岡野突然擔憂起來。說不定只是自己忘記了，其實小時候真的認識過這個叫池田的女生？要是繼續對這封訊息視若無睹，會不會害她內心受到傷害？本來就已經難耐孤獨，才會像溺水的人抓住稻草般傳出訊息，這下該不會被自己推入更黑暗的深淵？

苦惱了許久，他還是回傳了訊息給這個自稱池田的女生。兩人的關係從此開展，池田是個讓人很有好感的女生，岡野瞬間墜入情網。

兩個月後，哄得他乖乖聽話買下昂貴畫作，隔天這個自稱池田的女生就從他面前消失了。

「為免誤會，我話先說在前面，岡野這男人腦袋絕對不差。」江森補充。「他畢業於相當不錯的大學，也讀過很多書。腦筋動得算快，做事也比別人加倍謹慎。然而，他還是被這種古典詐騙手法矇了，你覺得是為什麼？」

「大概是人太好吧？」

江森搖搖頭。

「是因為太寂寞啦。」

「這樣啊。」我想了一下之後這麼回應。

他接著說：「有意思的是，池田的網路社群帳號都刪除，人也消失了，岡野還堅信她就是自己的小學同學。在那傢伙腦中，有著確實的記憶。與少女時代的池田在同一間教室裡度過的往昔記憶出現在他腦中。明明事實上根本沒有這麼一個同學。」

「這……難道他在不知不覺中被人植入義憶了嗎？」

「不、那樣成本未免太高，對詐欺犯而言不划算。」

「那是為什麼？」

「大概是自己下意識改寫了記憶吧？」江森一副可笑的樣子說。「記憶這種東西，高興怎麼改就能輕易改掉喔。根本不用借助奈米機器人的力量，人們早就在日常生活中竄改自己的記憶。天谷，你聽過Fels Acres，也就是『費斯阿肯托兒所案』嗎？」

我連聽都沒聽過。

「簡單來說，就是一個顯示關於犯罪的證詞有多麼不可信的典型範例。只要一再被指稱『你曾遭受這樣的事』，人就會產生自己真的遭受過那種傷害的感覺。岡野也是一樣，他一再被那個叫池田的女人說『你是我的小學同學』，說久他就相信了。『希望她說的是真的』，大概是在這樣的願望推波助瀾下，記憶產生了改變吧。明明只要找出畢業紀念冊就能確定有沒有一個叫池田的同班同學，岡野卻不這麼做。說穿了，他是自己想被騙才被騙的。」

江森從口袋裡拿出香菸點火，津津有味地吸了一口。香菸品牌和我們剛認識時一樣，雖然遲鈍了點，但那甜膩的香氣才使我真切感受到我們的再度重逢。

「最近，這類古老手法的詐騙好像很流行。聽說被盯上的都是孤獨的年輕人喔。天谷說不定也會被當成詐騙目標。」

「我不會有問題的啦。」

「你怎能這麼肯定？」

「小時候，我連一個朋友都沒有啊。也連一個美好的回憶都沒有。所以，根本不用期待會有以前的同班同學來找我。」

聽我這麼一說，江森慢慢搖頭。

「不對喔，天谷。那些傢伙利用的不是回憶，而是『沒有回憶』。」

✦

結果，光是帶去公園的酒還不夠喝，之後我們又進了車站前的居酒屋。在那裡把沒聊夠的話聊完，九點前道別。

獨自走在商店街時，跟上次一樣的症狀發作了。

這次觸發的導火線，是居酒屋用來告知打烊時間的樂曲〈螢之光〉。

「你好慢喔。」

結束社團活動回到教室時，灯花氣鼓鼓地說。

「開會開太久了啦。」我辯解道。「今年的三年級生好像很有幹勁啊。」

「是喔。」

「妳先回家不就好了。」

她不服氣地盯著我看：

「不對喔千尋，這種時候應該說『抱歉讓妳久等了』才對吧？」

「……抱歉讓妳久等了，還有，謝謝妳等我。」

「很好。」灯花露出微笑，伸手拿起書包。「那我們回家吧。」

我們是最後留在教室的兩個人，確認窗戶上鎖後，關掉電燈踏上走廊。體育社團那些人用過的止汗噴霧刺激的氣味撲鼻，灯花摀住嘴巴輕輕咳嗽了幾聲。她喉嚨不好，連別人抽菸飄過來的二手煙或冷氣出風口的風之類輕微的刺激都能讓她咳起來。

我們在玄關換穿鞋子時，灯花配合放學時間播放的〈螢之光〉旋律，唱起自創歌詞。

螢之光

消失在黑夜
如同我的戀心
虛無飄渺

好悲哀的歌詞。

「這麼說起來，好像沒有好好聽過〈螢之光〉的歌詞在唱什麼。」

「我也是，只知道開頭那句『螢之光』。」

「但也不能因為這樣，就擅自把人家想成失戀的歌啊。」

「可是，現在千尋已經把我編的歌詞記住了吧？」

「嗯，就算現在叫我背下原本的歌詞，下次聽到曲子時，灯花編的歌詞還是會先冒出來。」

「在那同時，我的臉也會冒出來吧？」

「大概吧。」

我暗自心想，到時自己一定會想起今天的事。以一段溫暖回憶的形式。

「我啊，覺得這種事就像某種詛咒。」

「……什麼意思？」

「川端康成這麼寫過：『記得告訴分手的男人一種花的名字，因為花每年都會開。』」灯花豎起食指，得意洋洋地說。「千尋往後這一輩子，每次聽到〈螢之光〉都會想起我編的歌詞，也會想起我。」

「確實是一種詛咒。」我笑了。

「話說回來，我跟千尋不會分開就是了。」她也笑了。

輕輕搖頭，我打斷回憶。

這幾天想起夏凪灯花的頻率激增。

原因很清楚，都是在神社那件事害的。

那到底是怎麼一回事？

浴衣、髮飾、髮型、身高、體型、五官的長相……全部一樣。

唯一不同的是年紀。義憶中的夏凪灯花只設定到十五歲為止，那天擦身而過的女孩看上去比較成熟。

簡直就像義憶中的青梅竹馬和我一起長了歲數，然後出現在眼前。

我思考著。一般來說，製造義憶時，出現在義憶裡的人物禁止以實際存在的人為藍本。這是為了防止現實與義憶的混淆造成糾紛。所以，假設那天我見到的是現實中作為夏凪灯花藍本的人，這個假設基本上可以先放棄了。說她就是夏凪灯花本人的玩笑話也不值一提。

若把原因推給「長得很像的陌生人」，倒也不是完全沒這個可能。那天有很多從外縣市來參加祭典的人，其中碰巧出現一個和夏凪灯花長得一模一樣的女生，這樣的機率或許不是零。仔細想想，那種浴衣和髮飾的設計也隨處可見。

然而，那要怎麼解釋她的反應呢？和我四目交接時，她和我一樣，甚至比我還驚慌。臉上寫著「怎麼可能有這種事」、「一定是哪裡出差錯了」。她甚至試圖撥開人群朝我走來。這也可以推給「長得很像所以認錯人」嗎？我正好認識一個長得跟她很像的人，她也碰巧認識一個跟我長得很像的人。真的會有這麼剛好的事嗎？

還有更簡單的解釋。那天與我擦身而過的，只不過是在酒精、孤獨與祭典熱烈氣氛催化下產生的夏日幻覺。除了必須懷疑自己精神有沒有問題外，這個假設很完美。

不、或許沒有深入思考的必要。認錯人也好，幻覺也好，終究我該做的只有一件事。

那就是消除義憶。

這麼一來，就再也不會認錯人或產生幻覺了。

也不用動不動就被不曾實際存在的記憶擾亂心情了。

回到家，從櫥櫃深處拿出兩個「忘川」中的一個。不是用來消除少年時代記憶那個，而是用來消除與夏凪灯花有關的記憶那個。我裝了一杯水，和「忘川」一起放在桌上。

準備萬全。剩下的只要打開包裝紙，把裡面的東西溶進水裡喝掉就好。
我伸出手。
指尖在顫抖。
又不會痛，也不會產生什麼強烈的痛苦，更不會失去意識。有必要怕成這樣嗎？不過是把誤植入腦中的記憶消除，恢復原狀罷了。「忘川」的安全性經得起考驗。
首先，就算真的會怎樣，我也沒有任何消除了就會造成困擾的記憶。
拿起包裝紙。
腋下冷汗直流。
想用理智克服生理性的恐懼或許是錯的。我決定改變想法。只要把腦袋放空十秒就好。在十秒內結束一切。沒必要百分之百說服自己。什麼都不想，不負責任跳下去，讓未來的自己收拾殘局就好。把自己變成一個空洞。這不是你最擅長的事嗎？
然而，愈想放空腦袋，思緒愈是不斷注入腦中。就像試圖用手指抹去鏡頭上的髒污卻愈抹愈髒一樣，事態更加惡化。
我持續著漫長的自問自答。
不經意地，我這麼想。是地點不好。
那天我感受到的鮮明恐懼還清楚留在這房間裡。榻榻米、壁紙、天花板、棉被、窗簾……看得到的地方都染上我恐懼的顏色，就像沾染在老舊建築上怎麼也去除不掉的黏膩菸垢。

做任何事都要在適當的地方。喝下「忘川」也必須先準備好適合的舞台。去哪裡最適合呢？

我立刻有了答案。

✦

隔天一打完工，我就搭上與回家反方向的公車。口袋裡裝著消除「夏凪灯花」記憶的「忘川」。坐在冷氣開得有點強的車內，我拿出那個包裝袋，無意義地從各種角度觀察。

很快地，公車抵達目的地。我把「忘川」放回口袋，下了公車。候車亭前方，就是上次那間神社。

從鳥居底下穿過，踏入神社境內。和夏日祭典的夜晚完全不同，今天連一個人也沒有。四下只聽見把陰暗天空錯當成昏暗傍晚的暮蟬叫聲。

買了自動販賣機的礦泉水，在石階上坐下。隔著口袋確認「忘川」的觸感，為了讓自己鎮定下來，先點起一根菸。

剛用鞋底踩熄抽完的菸頭，遠處就傳來救護車的鳴笛聲。心想不妙時，已經來不及了。在救護車鳴笛的觸發下，我就這樣被回憶的漩渦吞沒。

好久沒看到穿睡衣的灯花了。以前去彼此家過夜是家常便飯，不管是她穿睡衣的樣子還是睡到翹起的頭髮都看到不想再看。然而，差不多十一歲過後，也不知道是誰先開始的，我們變得盡量不過度干涉對方，對於彼此的瞭解也就漸漸東缺一塊、西缺一塊了。

睽違一年看到她穿睡衣，那樣子看上去非常脆弱。或許跟睡衣是什麼圖案都沒有的純白色也有關係吧。只是，從領口露出的鎖骨和從短袖袖口伸出的纖細手臂，都像稍微粗魯一點就能輕易折斷一般。

我望向自己的手腳，感慨地再次確認了彼此的差異。不久前身高還差不多的，曾幾何時我已經比她高十公分以上。拜此之賜，最近每次牽手或身體靠在一起時，即使不去想也會意識到彼此體格的差異。透過她纖細的腿和單薄的背，我強烈感受到我們的肉體無論如何都會開始朝不同方向演化。

如此實際的感受讓我有些坐立不安。就算裝在裡面的東西完全沒變，只要容器的外型改變了，其代表的意義也會改變。明明往來對話都和過去沒有什麼不同，卻不是感覺過剩，就是感覺不足。但也不能因為這樣就配合感覺改變態度，總覺得那樣又是另一種尷尬。

那天灯花穿睡衣的模樣，讓我感到難以言喻的手足無措。為了探病走進病房的最初一段時間，我甚至無法好好看她眼睛。在緊張情緒消除前，我只能裝作對病房裝潢和人家帶來探病的慰問品很感興趣的樣子，逃避與她四目相接。

話說回來，病房裡根本沒有什麼值得一提的東西。平凡的病房，白色的壁紙，褪色的窗簾，淺綠色的油氈地板，簡潔的病床。雖然是四人一間的病房，除了灯花以外沒有其他住院病患。分配給她的床位在從入口處看進去右邊最內側，光線最好的位置。

「醫生說啊，可能是氣壓改變的關係。」

她朝窗外望去，像是在確認天氣的變化。

「颱風不是快來了嗎？所以氣壓才會急速下降，因此引起發作。」

我回想昨天發生的事。

發現灯花倒下是下午四點多的事。平常這時間她早該帶著回家作業來我房間了，昨天卻一直沒出現。我帶著不好的預感去對面她家一看，發現她蜷在地上一動也不動。看得出發紺的症狀，一眼就知道氣喘發作了。吸入器掉在旁邊地上，藥物幾乎沒有發揮作用。聽見她發出前所未有的激烈氣喘聲，我立刻跑去客廳打電話叫救護車。

據說是還差一步就要引發呼吸衰竭的嚴重發作。

「還會喘不過氣嗎？」我問。

「嗯，沒問題了。只是暫時還有可能發作，才叫我住院觀察而已。倒不是身體有怎麼樣不舒服。」

她表現得很開朗，聲音卻很小聲，人看上去很孱弱。真的可以這樣講話沒問題嗎？不會是在我面前逞強吧。可是，要是我這麼問，她只會要求自己追求更高明的演技。

為了讓她至少不用大聲說話，我把椅子盡可能拉到床邊，自己也注意著小聲說話。

「真是的，這次差點被妳嚇死。」

「我也以為自己快死掉了啊。」灯花笑著這麼說，彷彿事不關己似的。「可是啊，要是那時千尋太慢做出判斷，事情好像會變得更嚴重喔。醫生都稱讚你了呢，說你毫不猶豫叫救護車是英明的決定。」

「因為我很習慣灯花氣喘發作了啊。」我用冷淡的語氣這麼說。

「多虧有你，謝謝。」

「不客氣。」

短暫的沉默降臨。

我忍不住試著問：

「……那個，治不好嗎？」

她抿著嘴唇歪頭。

「不知道。聽說很多人在成長過程中就好了，好像也有人長大成人之後還是沒好。」

「是喔。」

「話說回來。」她刻意轉換話題。「千尋，你竟然連哮喘和呼吸道塌陷都知道，好像醫生喔。」

「剛好在書上看到啦。」

「你特地為了我去查的吧。」

她歪著頭，從下往上窺看我的表情。長髮隨之搖擺。

「嗯，不然妳在我眼前死掉怎麼辦。」

「啊哈哈，說的也是。」

她笑得有些為難。

我剛才的語氣大概有點無情，不由得內心後悔。

「是說，好久沒被千尋抱起來了呢。」灯花用調侃的語氣說。「一把就把我抱起來，害我嚇一跳。」

「我想不出其他方法移動妳啊。」

「沒關係啦。要是每次都能這樣，發作也不壞嘛。」

灯花故意開玩笑，我戳了戳她。她故作誇張地抱頭喊「好痛」。

「那種事我可不想再來一次。都快擔心死了，還以為自己要不能呼吸了。」

一個奇妙的停頓。灯花似乎很意外，張著嘴巴凝視我。接著，慢慢轉變為強忍笑意的表情。

「抱歉抱歉，那我重說一次。」她更正。「不要發作，只要跟千尋互相碰觸我就很開心了。」

「那妳就要快點好起來。」

「嗯。」她老實地點頭。「抱歉讓你擔心了。」

「不會，又沒關係。」我回得冷淡，事到如今才為剛才自己的發言感到難為情，不用看也知道自己臉紅了。

脖子上冰涼的觸感讓我回神。用手指一摸，還有點濕濕的。同時發現石階染上一滴一滴的黑點，神社內吹起一陣強風。

開始下雨了。

我感覺得救。總不能在這大風大雨中服用「忘川」。

這樣就有藉口什麼都不做直接回家了。

我手搭在大腿上起身，走下石階。鬆了一口氣的感覺使我腳步輕盈。

總之先回公寓吧。剩下的事，之後再想就好。

今天不是消除記憶的好日子。

等公車來的這段時間，雨勢愈來愈大。我躲在候車亭附近店家屋簷下避雨，五分鐘後公車來了，我搭上車。窗戶緊閉的車內充滿從冷氣口吹出的霉味，乘客雨傘滴落的雨水把車內地板弄得到處濕答答。

坐在後方右側座位，我喘口氣。不經意望向對向車道的候車亭。今天好像又有哪裡舉行祭典，一個穿浴衣的女孩一臉憂鬱，正抬頭看天上的烏雲。這雨要下到什麼時候啊，新買的浴衣耶，真是不走運，希望祭典不要因此中止啊。她或許在想這些也說不定。

公車行駛出去。

不知道誰說了句，搞砸啦。

你剛才錯過了很重要的東西喔。

我伸手擦拭因濕氣而起霧的窗玻璃，再確認了一次那個穿浴衣的女生。

留到肩胛骨的黑髮。

煙花圖案的深藍浴衣。

引人側目的白皙皮膚。

紅色菊花髮飾。

我的手指下意識按了下車鈴。

抵達下個公車站牌前那五分鐘，感覺漫長得像永遠。

一下公車，我就全力回頭往前一站跑。姑且把一個接一個湧上的疑問吞下，在大雨中狂奔。路人都驚訝地回頭看了，但我現在沒有餘力在意別人的目光。

按住幾乎要破裂的肺往前跑，我竟然還在想著無關緊要的事。最後一次這樣全力狂奔是什麼時候？至少上大學之後一次也沒有過。高中體育課大概是最後一次吧。不對、我們高中體育課有考短跑嗎？打球的時候，長跑的時候，體力測驗的時候，都為了保留體力敷衍過去了。這麼說起來，得回溯到國中時代嘍。全力奔馳的記憶……

第一個浮現腦海的，終究還是虛假的記憶。關於國中三年級運動會的義憶。

從運動會當天的一週前開始，我一直很憂鬱。並非不擅長運動，相反的是我體育還行，而糟糕就糟糕在這裡。也不知道哪裡搞錯了什麼，被選為八百公尺接力賽最後一棒的不是班上的田徑隊同學，竟然是我。作夢也沒想到，自已會在國中最後一次運動會肩負起這重責大任。儘管想逃避，又沒勇氣推翻這多數表決的結果，話雖如此，也沒法下定決心去跑。到運動會當天都還悶悶不樂。

平常我盡可能不在灯花面前抱怨，那天卻忍不住說了喪氣話。那是上學途中的事，老實說我隨時都想轉身回家。自己要是沒跑好，班上同學國中生涯的重要回憶就會被我破壞，一想到這個，感覺像要被壓力擊垮。我這麼對灯花坦白。

結果，灯花開玩笑地撞了一下我的肩膀，天真爛漫地說：

「班上同學怎麼想不重要啊，如果你真的要為了誰而跑，那就為我一個人跑吧。」

罹患重度小兒氣喘的她，出生至今連一次也沒全力奔跑過。體育課總坐在一旁觀摩，遠足或滑雪之類需要體力的校園活動她永遠缺席。這年的運動會她雖然參加了，但沒有以選手身分登記任何一項競技。「因為不能給大家添麻煩」。她這麼說著自己婉拒了。

「為我一個人跑吧」──這話從這樣的她口中說出來有特別的意義，但又一點也沒有受強迫的感覺。

對啊。說到底我究竟怕什麼？對我而言最重要的只有灯花。而且，無論我跑得好不好，她都不會對我失望。倒不如說，不管怎樣她都會想辦法稱讚我。

我卸下了肩上的重擔。

那天的接力賽，我超越兩名選手，第一個跑向終點。正打算回班上同學身邊時卻昏倒了，被送到保健室。隱約記得自己躺在床上，一旁的灯花稱讚了我好幾次「你很帥喔」。可是，從肉體疲勞與極度緊張中解脫的我精神渙散，很快就睡著了（我猜灯花口中的「第三次接吻」就是這時偷親的吧）。

醒來的時候，運動會早就閉幕。窗外天色昏暗，灯花站在床旁邊窺看我的臉。

「我們回家吧？」

說著，她面露微笑。

意識拉回現實。

哎呀，你這人還真是沒有屬於自己的人生哪。看不下去了。

照這樣下去，大概連死前的跑馬燈都會是虛構的記憶。

深藍色浴衣映入眼簾。同時，公車也快抵達站牌前。我擠出最後一絲力氣朝她狂奔。上大學後幾乎沒運動就算了，每天晚上還要抽掉一包香菸，肺、心臟和腿都來到極限。缺氧導致視野角落模糊，喉嚨裡發出不像自己呼吸聲的聲音。

本來應該來不及才對。不過，大概看沒撐傘在雨中跑得全身濕透的我可憐，公車司機停著等了一下才開車。

雖然及時搭上了車，卻無法立刻找她說話。我抓住扶手，彎身等待自己慢慢緩過氣。雨水沿著頭髮往下滴，濡濕了地板。心臟像吵鬧的工地一樣鼓譟。明明全身濕透，血液卻像在沸騰，身體發燙。發抖的腿無法站穩，公車每次搖晃我都差點跌倒。

好不容易喘過氣來，我重新抬起頭。

她當然還在那裡。
坐在倒數第二個位子上，一臉憂鬱地望著窗外。
鎮定下來的心臟再次紊亂跳動。
我朝她筆直走去。
或許在全力狂奔時腦內分泌的腦內啡影響下，現在可以毫不退縮地跟她搭訕。
要講什麼還沒決定。不過，我確信一切都會順利。只要開口，話語就會自然湧現。
因為我心中已儲備了足夠多的話語。
在她身旁停下來，抓住扶手。
輕輕深呼吸。
「那個……」
就這麼一句話。
夏天的魔法輕易解除。
面朝窗外的女人轉過頭。
「……有什麼事嗎？」
一臉狐疑地問。
根本不像。

勉強要說像的話，大概只有體型和髮質。除此之外的任何要素都和夏凪灯花差遠了。彷彿某個知道我個性急躁的人，帶著明確惡意在此設計的一個陷阱。

愈看愈不像。從她身上，一丁點也感受不到那天在神社看見那個女孩散發的纖細與優美。

為什麼我會認錯呢？

「請問，你有什麼事嗎？」

假灯花睜著充滿警戒的眼睛又問了一次，我才發現自己毫不客氣盯著人家的臉看了太久。

冷靜。我對自己說。不是這女人的錯。她只是正好打扮得跟我義憶中的青梅竹馬類似，沒有做錯什麼。是我自己搞錯人而已。

對，錯的是我。這我知道。即使如此，我還是被激烈的憤怒襲擊。怒氣強烈得自己都難以置信。感覺像有一片黑色黏液在胸腔擴散。這種對什麼人火大的心情，搞不好是有生以來第一次。

抓住扶手的指頭用力。腦中不斷浮出臭罵她的句子。沒事讓人期待幹嘛？為何穿了這麼容易混淆的衣服？妳這女人才不適合這個打扮呢，妳連給夏凪灯花提鞋子都不配……

當然我沒真的罵出口。鄭重道歉，說我認錯人了，公車一停靠下一站我就逃下車，在雨中漫無目的地走。

為了躲雨找了間居酒屋，一邊灌便宜的酒，一邊想。

承認吧。

我愛上夏凪灯花了。

連在只是打扮得類似了些，其餘一點也不像的陌生人身上都能找到她的影子。可見我有多想遇見她。

不過，那又怎樣？義憶技師本來就是配合我的喜好，設計出讓我無法不戀上的夏凪灯花這個人。講白一點就是這樣。這代表義憶正常發揮作用。就像量身訂做的西裝不可能不合身一樣。倒不如說我沒愛上她才奇怪。

承認之後，我覺得輕鬆許多。

因為放輕鬆了，酒喝起來也痛快。

結果，果然喝了太多。

抱著馬桶把吃下肚的東西全部吐出來，還吐不夠，只能持續嘔吐胃酸，回到位子上喝杯水趴下去，再去廁所再吐一次。這麼反覆幾遍之後，店也要打烊了。我被趕出店外，蹲在店門口好一會兒，心想繼續等下去，想吐和頭痛的感覺也不會比較好，決定放空腦袋往前走。最後一班電車稍早前已開走，我也沒有錢搭計程車。這個夜晚難熬了。

不知哪間店裡傳出〈螢之光〉的旋律，我下意識哼起灯花編的歌詞。

螢之光
消失在黑夜
如同我的戀心
虛無飄渺

我想，明天一定要把「忘川」喝了。
愛上不存在的女生，只會是一場空。

✦

真要說的話，就算愛上實際存在的女生，也還是一場空。
某種定義來說，我也是一個不實際存在的人。至今認識的女孩子們，沒有一個把我當成戀愛對象。不，說不定她們連我叫什麼名字都記不住。
這是被喜歡或被討厭之前的問題。我甚至不屬於她們的宇宙。儘管在同一時間同一空間下，也完全不會有交集。在她們眼中，我只是個途經的影子，對我來說她們也只是如此。

實際存在的人愛上不實際存在的人是一場空，不實際存在的人愛上實際存在的人也同樣是一場空。不實際存在的人愛上不實際存在的人更是完全的空洞虛無。

戀愛這種東西，只有兩個實際存在的人才能談。

✦

回到公寓時，東方天空開始發白。

一方面發誓再也不喝酒，一方面心想反正兩天後又會學不乖地跑去喝吧。喝得醉醺醺樂陶陶的我，和受宿醉所苦的我是不同人。其中一方學到的教訓不會反映在另一方身上。其中一個我學到的只是喝酒有多快樂，另一個我學到的只是宿醉有多痛苦。

清晨的住宅區杳無人跡。住在附近小酒館後方的野貓從我面前橫過。大概知道今天的我很虛弱，平時一看到我就逃跑的貓，今天偏偏毫無警戒之色。不知哪裡的烏鴉「嘎」了一個音節，彷彿呼應一般，從另一個地方傳來的斑鳩聲也只響了一個音節。

幾乎用爬的上了樓梯，總算跋涉到房門口。在口袋裡摸索，試圖從拿出來的鑰匙包裡那幾把鑰匙中找出房門鑰匙。光是這麼一個小動作就得花上相當大的注意力。在一種破解保險箱大鎖的錯覺下打開房門。

手抓住門把那一刻，二〇二號房的房客探出頭。我維持開門的動作，朝這位鄰居投以一瞥。因為一直不知道隔壁住的是誰，就想姑且確認一下長相。

是個女孩子。年紀大概介於十七到二十歲之間。穿著像是只想去買罐果汁一般的隨性家居服。清晨微光下，她的手腳白皙得近乎透明。一頭柔軟的黑長髮被穿過走廊的風吹得鼓起來。

和那天一樣，時間停止了。

我保持開門的姿勢，她保持反手關門的姿勢，空間像被看不見的釘子固定住。

沒有深藍色浴衣也沒有紅色菊花髮飾。

但是，我一眼就知道。

宛如頓失名為言語的概念，好長一段時間，我們只是無言注視著彼此。

最先恢復動作的，是她的嘴唇。

「……千尋？」

女孩叫了我的名字。

「……灯花？」

我叫了女孩的名字。

我有個連一次都沒見過面的青梅竹馬。我沒看過她的長相，沒聽過她的聲音，也沒碰過她的身體。儘管如此，我卻深知她長得有多可愛，深知她的聲音有多溫柔，深知她的手握起來有多麼暖。

夏日的魔法，還在繼續。

03 **Partial Recall**

為了治療十五年前突然蔓延全世界的新型阿茲海默症，運用奈米科技變更記憶的技術在摸索中急速發展。原本開發的目的是修復、保護記憶，後來漸漸朝創造虛構記憶的方向轉變。

說到底，比起重返過去，想改變過去的人佔壓倒性的多數。就算那只是捏造的記憶。

「過去無法改變，但我們可以改變未來」——這種想法也隨著記憶改造技術的普及而逐漸過時。

我們不確定未來會怎樣，但是，至少可以改變過去。

起初，透過奈米機器人植入腦中的虛構記憶，一般都寫成「偽憶」或「擬憶」。也就是「虛偽記憶」或「模擬記憶」的簡稱。然而近年來，「義憶」的寫法蔚為主流。就算在名稱上玩花樣，贗品還是贗品。可是，去除「偽」、「擬」等文字帶來的負面印象，似乎也帶動了某種風向。隨著「義憶」的稱呼風行，義憶中出現的虛構人物也開始被稱為「義者」。從名稱就能看出命名的意圖，這裡的「義」跟義肢、義齒的「義」一樣，充其量只是用來彌補欠缺的東西。

到底要用什麼來判斷「欠缺」，這議論向來無法取得共識。嚴格來說，大部分人類都可以看成人生經驗不完整的「需要治療者」。不可能有誰的人生完美無缺。話是這麼說，義憶對人類很有幫助也是不爭的事實。包括有喪失經驗、犯罪被害經驗或虐待經驗的對象在內，義憶在消除內心苦痛方面極有效果。透過虛構的記憶重新建構認知，或將過往痛苦經驗直接消除，這類手法的療效不容置疑。根據某份報告指出，以有行為或個性問題的孩子為實驗對象，在他們腦中植入「偉大的母親」義憶，結果將近四成受驗者的人格出現積極正面的變化。另一個實驗中，對反覆自殺未遂的毒癮者植入「聖靈」義憶，受驗者像變了個人似的，成為既虔誠又無慾的人（做到這種地步倒有點冒瀆了）。

只是到目前為止，似乎感受不到義憶實質上為社會整體帶來什麼好處，這是因為使用奈米機器人變造記憶的使用者都很討厭對外公開這件事。使用奈米機器人變造記憶這件事，給人的觀感最接近醫美整容。實際上，就有人嘲諷地把改寫記憶這件事揶揄為「記憶整容」。

人無法選擇自己出生的環境。因此，義憶這種救贖措施有其存在必要。這是記憶變更推廣派的主張。我個人雖對義憶有抗拒感，他們這話說得倒確實有理。至於否定派，超過半數都不是站在哲學問題的角度，單純出於生理本能的不安才抗拒義憶的吧。

那麼，說回最重要的問題，因新型阿茲海默症而喪失的記憶，卻到現在還是找不到挽回的方法。雖然有一種用來恢復記憶的奈米機器人「追憶」，但它也只能復原被「忘川」消除的部分記憶，對新型阿茲海默症造成的失憶毫無效果。

有人想出利用義憶備份記憶的方法，但這條路也行不太通。即使植入與消失的記憶相同內容的義憶，還是無法在腦中固定下來。另一方面，插入的若是與事實相違的義憶，則能殘留比較久。由此可推知，新型阿茲海默症不是一種「破壞記憶」的疾病，而是把「記憶之間的聯繫」打散的疾病。所有記憶中，可能有比較容易被打散的和比較難被打散的。消失的記憶多半集中在情節記憶，或許因為這是所有記憶中複合性最高的類型。

✦

醒來好一會兒了，還是什麼都想不起來。

我從十五歲就開始偷喝父親買起來存放的酒，今天才第一次喝到失憶。我心慌地想，沒想到喝酒真的會讓人失去記憶。過去確實聽別人提過好幾次這類經驗談，我都將之視為一種誇飾法，或是用來掩蓋自己喝酒失態的藉口。

這裡是哪裡。現在是白天還是晚上。自己什麼時候躺進棉被裡的。為什麼頭痛得像要裂開一樣。以上問題，我一個都回答不出來。唯有胃部深處不斷湧上的酒臭味勉強讓我明白，一切都是酒精的錯。

閉上眼睛，慢慢來沒關係，一一回想出來吧。這裡是哪裡。是我自己的房間。現在是白天還是晚上。從窗簾後方流洩進來的白晃陽光可知，現在是白天。什麼時候躺進棉被裡的……思考到這裡又停住了。我著急得不得了。最後的記憶停留在哪裡？喝得爛醉被店家趕出去，沒搭上最後一班電車只好走路回家。到這裡還記得。為什麼非得喝到爛醉不可呢？對了，是因為我認錯人。把站在公車站牌下的深藍浴衣女孩誤認成夏凪灯花。這樣的自己讓我覺得好丟人，才會跑進居酒屋大喝一場。

點與點連成了線。被店家趕出來後，花了三小時走路，終於走回自己住的公寓（察覺這點的瞬間，腿部肌肉開始隱隱抽痛）。費了一番工夫開門，跌進屋子裡之後，作了奇妙的夢。大概是認錯人的事造成的影響吧。我夢到夏凪灯花。夢到夏凪灯花搬到隔壁。

夢境與現實串連在一起，從我回到家那附近開始延續。為什麼妳會在這邊？妳不是實際上不存在的人嗎？我這麼追問，她匪夷所思地看著我。

「千尋，你該不會喝醉了吧？」

別管這個，回答我的問題。我還想繼續逼問，腳下一個踉蹌。勉強伸手扶住牆壁才不至於跌倒，大概因為一股血氣衝腦，又或者從門縫裡飄來的自家氣味讓我身體不自覺放鬆了吧。視野一晃，站都站不穩。連現在自己什麼姿勢都搞不清楚。

夏凪灯花關心地說：

「沒事吧？要不要我扶你？」

之後的事，就記不太清楚了。

感覺似乎有人細心地照顧了我。

不管怎麼說，那一切肯定都是被酒精泡爛的大腦讓我作的夢。身心虛弱的緣故，無法好好駕馭自己的大腦了吧。從沒見過如此老實反映欲望的夢境。

簡直就像小學生躺在床上幻想。幻想喜歡的女生搬到自家隔壁，好心照顧身體不舒服的自己。

這可不是成年男人該作的夢。

為了改變這麼丟臉的自己，昨天才下定決心的啊。

今天一定要喝下「忘川」。

爬出被窩，頭痛讓我皺著眉喝下三杯水。溢出嘴角的水沿著脖子滑落。脫下發出討人厭臭味的衣服，沖了個比較久的澡。吹乾頭髮刷牙後，再喝兩杯水，橫躺在床上。做完這些事，感覺好多了。即使頭還是一樣痛，也還有點想吐，感覺已經熬過最艱難的部分，身體輕鬆了些。接著，我落入淺眠。

睡了一小時左右醒來。胃收縮的感覺應該來自空腹吧。這麼說起來，昨晚吃的東西幾乎都吐光了。雖然沒什麼胃口，差不多得吃點東西才行了。

慢條斯理起身，走進廚房查看流理台下櫥櫃。趁附近超市打折時囤貨的泡麵一碗也不剩。我歪了歪頭，記得應該至少還有五碗才對啊，最近似乎很健忘。是不是喝太多酒的關係。

打開冰箱冷凍室，想看有沒有剩下的吐司麵包。結果只有一瓶琴酒和兩包保冰劑，沒別的了。我連製冰盒下面都翻開來看，除了碎冰之外沒找到其他東西。

打從一開始就不期待冷藏室。最近半年那裡幾乎變成啤酒櫃。因為嫌自己煮飯麻煩，不知何時起，除了泡麵、便當和冷凍食品，我不再買其他東西。

即使如此，說不定能找到什麼下酒零嘴之類的食物。

抱著一絲期待，打開冰箱冷藏室的門。

裡面出現異物。

用保鮮膜包好的盤子裡裝著生菜和番茄做的沙拉。

「不吃點正常食物不行喔。」

附著這麼一張手寫紙條。

✦

決定購買「忘川」後，第一份找到的打工在加油站。只做一個月就被炒魷魚。接著在餐飲店打工，也是一個月就丟了工作。兩者的原因都出在態度不好。比起對待顧客的態度，問題似乎是出在與同事的相處方式。本來以為只要工作好好做就沒問題，結果這種態度好像更讓人不爽。

知道自己不適合從事持續面對人類的工作後，好一段時間我都靠大學生協會的介紹打零工賺錢。結果這也沒好到哪，每次都要從零開始建立人際關係對我而言太痛苦了。所謂溝通能力，其實還細分成構築人際關係的能力與維持人際關係的能力，而我兩樣都幾乎等於沒有。

苦惱地想著有沒有可以避開麻煩人際關係的工作時，正好家附近的錄影帶出租店貼出徵人紙條。試著去應徵，連面試都不用就直接錄取。大概除了我之外沒人應徵吧。

現在很難得看到這種非連鎖型的個人營業小錄影帶店了。店內裝潢和外觀都破破爛爛的，看上去什麼時候倒閉都不奇怪。沒想到還有不少品味特殊的常客，店也就這樣細水長流地維持住了吧。或者，老闆其實有點閒錢，開店只是做興趣，收支能否打平不重要。店長是個年過七十，沉默寡言的男人，態度謙和，總是叼著無濾嘴香菸。

平時幾乎沒有客人上門，不過這也難怪。現在還會看錄影帶的，不是老人家就是為數不多的錄影帶信徒。追根究柢，這個時代究竟還有多少人家裡有錄影機這種古董啊。店裡一個月頂多看到一兩次年輕人，其中大多還是故意來奚落的。

客人都很穩重溫和，工作起來超級輕鬆。忍住不要睡著就是最重要的任務。雖然薪水低，對不需要工作夥伴也不追求成就感或技術提升的我而言，這裡算是理想的職場了。

打工兩個月就存夠了買「忘川」的錢，但我知道自己一閒下來只會喝更多的酒，所以後來還是繼續打工。一方面也是因為這裡純粹待著舒服。雖然是個被時代遺忘的寒酸空間，卻不可思議地讓我內心平靜安詳。我也說不清楚，只是有一種「這裡應該能接納我」的協調感。話說，在這種地方找到自己的容身之處，這件事是好是壞也有待商榷就是了。

今天依然不見客人上門。我站在收銀台前忍住呵欠，恍惚思考早上在冰箱發現的東西代表什麼。

附上一張手寫紙條的，親手做的沙拉。

假設昨晚的事是一場夢，那沙拉和紙條就都是爛醉的我自己親手做出來的東西了。換句話說，醉到不知東西南北的我，在把胃裡食物吐光，花三小時走路回家後，不知道從哪裡弄來生菜、番茄和洋蔥，做成了沙拉，再用保鮮膜整齊包好放進冰箱，用過的烹飪器具清洗乾淨收拾好，最後用像女生寫的可愛筆跡為隔天的自己留下紙條後上床睡覺，並且把這一切全忘光。

假設那不是夢，就表示沙拉和紙條都出自夏凪灯花之手。也就是說，我以為是義憶的眾多記憶其實都是真的，我真的有一個叫夏凪灯花的青梅竹馬，她又碰巧搬到隔壁，細心照料了醉倒的我，還連早餐都幫我先準備好。

兩個假設聽起來都很蠢。

沒有更切實際的解釋嗎？

思索到最後，我想出第三個可能。

我想到的，是前天江森說的那件事。裝成舊識接近被害人的詐欺犯。

「最近，這類古老手法的詐騙好像很流行。聽說被盯上的都是孤獨的年輕人喔。天谷說不定也會被當成詐騙目標。」

比方說，我義憶的內容以某種形式，從診所裡外洩的話會怎樣？

如果這些資料被懷有惡意的第三者拿到了會怎樣？

跟「幻覺論」或「實存論」比起來，這個假設的論點多了點現實味。「詐欺論」。昨晚遇到的和夏凪灯花長得一模一樣的女生，其實是打算誆騙我的詐騙集團準備好的假貨。只是個扮演「夏凪灯花」的陌生人。

當然這個假設也有許多漏洞。應該說盡是些大漏洞。看到義憶裡的人忽然出現在自己面前，任誰都會先覺得奇怪。不可能發生這種事，是不是有誰想陷害自己？比起開心接受，應該會先像這樣心懷警戒才對。詐騙集團一定也預測得到這種狀況。要是假裝成實際認識的人也就算了，假扮成義憶中人的好處是什麼？我完全想不出來。這跟嚷著「快來懷疑我吧」有什麼兩樣。

不，說不定我太小看人類的潛在願望了。江森不是說，那個遇到詐騙的岡野在持續接收「我是你小學同學」的資訊後，打從心底相信了根本不存在的小學同學嗎。「希望她說的是真的」。江森說可能是在這樣的願望推波助瀾下，記憶產生了改變。如果這種心理傾向很常見的話，或許比起舊識，義者會是更適合用來詐騙的題材。為了彌補以程式進行深層心理分析後浮現的精神缺陷，義憶技師創造出的活靈活現義者，說起來就是由當事人最想要的東西組成。當夢想中的異性出現在眼前時，有誰能冷靜客觀檢視自己嗎？

這麼說來，對詐欺犯而言，義憶擁有者就是最好騙的對象了。江森不也說了嗎，「那些傢伙利用的不是回憶，而是『沒有回憶』。」

話雖如此，疑點還是很多。假設昨天那個女生真的是假扮成夏凪灯花的詐欺犯，花費時間心力特地搬到隔壁的房間，只為了騙我這個窮學生？再說，和義者長得一模一樣的人是那麼容易就能找到的嗎？該不會為了騙我還特地接受整容手術吧？

思考在這裡卡關。目前可以用來判斷的材料還太少，現在做結論也還太早。回公寓之後，先去隔壁拜訪一下吧。然後好好質問她一番，妳到底是何方神聖？雖然不認為她會老實回答，至少可以從中獲得一兩個用來推測對方戰略的線索。

而如果，確定她真的是詐欺犯之類的話。

不讓她吃點苦頭誓不罷休。我這麼想。

✦

打工結束後，我繞到車站前的超市買了一堆泡麵。因為想早點回公寓，其他食材連看也不看一眼。眼見自己裝了滿袋的垃圾食物，內心掠過一絲不安，老是吃這種東西總有一天會搞壞身體。可是，像自己這樣的人就算過起健康的飲食生活又能怎樣，對於未來的一切我什麼都不在乎。

我過起這種不健康的飲食生活，還有另一個原因。大概從十八歲過後，不管吃什麼都不覺得好吃。並不是味覺麻痺，比較像味覺情報與犒賞系統沒有搭上線，這個解釋最接近實際狀況。兩年後的現在，我已經連「美味」是什麼感覺都想不起來了。只要有點鹹味又加熱過的食物我就吃，其他什麼都無所謂。

沒給醫生看過，也不知道原因。可能是身心問題，也可能是營養不良的關係。或許大腦某處出現血栓或腫瘤也說不定。生活起來沒什麼不方便，我就一直放著不管了。

原本我對飲食就不甚講究。母親是對吃毫無興趣的人，就我所知，別說烹飪了，她甚至沒進過廚房。而我除了學校裡的家政實習或戶外教學體驗之外，幾乎可說沒吃過誰親手做的菜。從小到大，肚子餓了就買現成的便當或去附近速食店解決。

大概為了反映這樣的過去，「吃青梅竹馬親手做的菜」這類情節在我的義憶裡有好幾個。例如，看不下去我老是吃那些對身體不好的東西，灯花總擔心地說「不吃點正常食物不行喔」，把我叫去她家下廚給我吃。

這時，我忽然發現某種一致性。這麼說起來，留在冰箱裡的紙條也寫著類似的話。「不吃點正常食物不行喔」，字字不差。

果然那個女人正確掌握了我的義憶內容。得小心點才行了，我再次提醒自己。她很清楚哪些戰術能順利騙到我，能夠吸引我的必備特質，她一項不缺。

問題是——我不知道這麼告訴自己多少次了——夏凪灯花這個女孩根本不存在。

不能被騙了。

抵達公寓。

站在二〇二號房門口，按下門鈴。

等了十秒，沒反應。

為了確認，試著再按一次，結果還是一樣。

她如果是詐欺犯，看到我來一定會積極應門。

沒有外出的話，為何不來應門？

故意吊人胃口，藉此降低判斷力嗎？或者，正在做詐欺的準備？

一直站在那裡也不是辦法，我決定先回家。

發現門沒鎖時，我並不驚訝。因為我經常忘了鎖門。

發現燈沒關時，我也還不驚訝。因為忘了關燈對我來說也是常有的事。

發現有女孩子穿著圍裙站在廚房時，我還是沒有嚇到。因為女生為我下廚是常有的事……

如果是在義憶裡的話。

購物袋從手中滑落，泡麵掉得整玄關都是。

聽到聲音，女生回頭。

「啊、你回來啦，千尋。」她綻放笑容。「身體覺得怎麼樣？」

未經許可闖進別人屋內還大大方方用起廚房的可疑人物與屋主撞個正著。身為屋主的我這時腦中第一個浮現的不是「報警吧」也不是「抓住她」或「找人來幫忙」，而是「屋裡有沒有什麼不能讓女生看到的東西？」

自己都覺得自己不對勁。

可是，比我更不對勁的是眼前這女生。

她看到屋主出現，既沒逃走也不解釋，還悠哉地試吃鍋中食物的口味。流理台上擺滿看似自己帶來的調味料。

聞這味道，她正在煮的應該是馬鈴薯燉肉。

完全就是小說裡青梅竹馬會煮的菜。

「……妳在幹嘛？」

我終於能夠發問。同時心想，這個問題真沒意義。看就知道答案了不是嗎，闖進別人家做菜。

「我在煮馬鈴薯燉肉啊。」她一邊注視著鍋中物一邊回答。「千尋喜歡吃這個對吧？」

「妳怎麼進來的？」

這問題的答案也很明顯。一定是昨晚她照顧喝醉的我時偷了備用鑰匙。家裡只有生活最低限度所需物品，只要找一下輕易就會發現鑰匙。

她沒有回答這第二個問題。

「你好多髒衣服，我就全部洗起來了喔。還有，棉被要常曬才行啦。」

往陽台望去，一星期沒洗的衣服現在都在那裡隨風飄揚。

我一陣頭暈目眩。

「妳……是誰？」

她盯著我看。

「你今天應該沒喝醉吧？」

「別說這個了，回答我。」我加強了語氣。「妳是誰？」

「什麼誰……灯花啊。你連兒時玩伴的臉都不記得了嗎？」

「我沒有兒時玩伴。」

「那你怎麼知道我叫什麼名字？」她露出困惑的笑容。「昨天，你不是叫了我『灯花』？」

我搖搖頭，不能被對方牽著鼻子走。

深呼吸之後，我斬釘截鐵地說：

「夏凪灯花是義者，只存在我腦中的虛構角色。現實和虛構的差別我還分得出來。我不知道妳是詐欺犯還是什麼的，總之想騙我是沒用的。不想要我報警的話，現在馬上離開。」

她微張的嘴裡發出嘆氣般的聲音。

「……這樣啊。」

關掉瓦斯爐火，她走向我。

我忍不住向後仰，她更靠近一步，接著說：

「還是原本那樣啊。」

這句話代表什麼，我沒有問。

胸中情緒翻湧，沒有辦法說話。

表層意志再怎麼抵抗，我的大腦還是從更根源的地方產生錯覺，「與五年前分離的最愛的青梅竹馬重逢」，這樣的錯覺使我整個人陷入無可言喻的喜悅，全身顫抖。
內心充滿愛意，一旦鬆懈下來，恐怕就要緊緊擁抱她了。
但我連轉移視線都做不到，與她面對面凝視著彼此。
極近距離下的她的臉，帶點非現實感。皮膚白得不像真正的皮膚，只有眼睛周圍微微泛紅，給人一種病態的印象。
我心想，簡直就像鬼。
看著像被鬼壓的我，她忽然微笑。
「沒關係，不用勉強自己想起來。你只要記住一點就好。」
說著，她拉起我的手，溫柔地包覆在自己雙手中。
她的手好冰。
「我站在千尋這邊，不管發生什麼事。」

✦

隔天，工作結束後我打了電話給江森。說有事想找他商量，今晚能否見個面。他說十點之後有空，我們決定在公園碰面後就掛了電話。我這才發現，手機畫面中通訊錄的聯絡人欄裡，不知何時出現「夏凪灯花」的名字。大概是那天晚上照顧我時，她擅自輸入的吧。本想刪除，後來又想或許什麼時候派得上用場，就這麼放著沒動。

我去了大學，在學校食堂角落找張桌子看書，等待與江森約定的時間到來。每隔一小時起身到外面走動，慢慢抽根菸。空氣很潮濕，菸抽起來比平常雜味還多。學校食堂打烊了，我就改去交誼廳，深深坐進沙發椅，讀人家丟在那裡的雜誌打發時間。學校交誼廳冷氣不夠強，又有整面落地窗，陽光曬進來跟外面一樣熱，待著不動都全身噴汗。

我已經決定等聽過江森的意見再回公寓。跟那個女生再次見面前，我想先整理好自己的定位。為此，首先得找值得信賴的人，把事情始末全盤托出，以獲得來自客觀角度的看法。

仔細想想，我從來沒跟誰商量過什麼，這大概是有生以來第一次。由此可知那個女生是如何擾亂我的心情。

這天江森難得按照約定時間出現。我很少主動打電話給他，這次或許讓他擔心了吧。

聽完我不得要領的說明後，江森說：

「整理一下你說的，事情應該是這樣吧。你為了消除記憶，訂了『忘川』，送來的卻是『Green．Green』，你服用了那個之後，『夏凪灯花』這個青梅竹馬的義憶就被寫入腦中。兩個月後，本來不該實際存在的她搬到你家隔壁，還親密地跟你說話……

是這樣沒錯吧？」

「聽起來很蠢吧？」我嘆氣。「可是，就是這樣。」

「嗯嗯，我知道天谷不會說謊，一定是真的發生過這些事。」說著，江森咧嘴一笑。「那女生可愛嗎？」

「你應該知道義憶裡出現的人物是怎麼回事吧？」我兜著圈子回答。

「那就是可愛嘍。」

「可以這麼說啦。」

「那你有把她推倒嗎？」

「怎麼可能。萬一是仙人跳呢。」

「也對，我也這麼想。」他表示贊同。「不過，馬上就想到這個，你還真卑微。一般人應該都會太興奮，一下子想不到那邊去才對。」

事實上當時我是慌張得動彈不得，但這個就不說了。

「我認為這是從江森上次說的約會推銷延伸出的手法。可能診所洩漏了客戶資訊，落入拿來做壞事的人手中，被拿來當詐騙用的材料了。」

「以詐欺手法來說，這個做法好像有點麻煩……不過，也不是沒這可能。」江森同意我的看法。「對了，天谷老家不是滿有錢的嗎？」

「那是以前，現在跟普通人沒什麼差別。」

「詐騙集團會為了一個沒有經濟能力的學生做這麼麻煩的事嗎？」

「這也是我想不通的地方。江森怎麼看？除了詐騙之外，對方是不是打著什麼別的主意？」

喝了兩口啤酒後，江森小心翼翼地說：

「為了保險起見我確認一下，天谷你從出生到現在連一次都沒用過『忘川』嗎？」

「對。」我點頭。「話說回來，就算我使用過『忘川』，『用過忘川的記憶』本身也會消失，所以其實無法斷言就是了……你為何問這個？」

「沒有啦，我在想該不會那個女生沒有說謊。說不定你們兩人真的是青梅竹馬，只是你單方面消除了記憶。而你以為是義憶的那些事，應該是在某種原因觸發下復甦的真正回憶。」

「怎麼會。」

我發出苦笑，還以為他在開玩笑。

「或者只是單純忘記而已。天谷你從以前就很健忘。」

「就算忘記，看到臉或聽到聲音時也會想起來吧。」

「……可是啊，我是說萬一啦，萬一真的發生這種事的話。」

江森的聲音低沉了些。

「那個女生豈不是太可憐了。」

我又笑了。

他沒有笑。

我一個人空洞的笑聲在公園迴盪後，被吸入黑夜之中。

接下來好一會兒，我們只是無言喝著酒。

氣氛很微妙。

「總之。」江森重新整理了話題。「不要被動之以情，在什麼奇怪文件上蓋章喔。」

「才不會咧。」

「也不要想裝成上當的樣子觀察對方如何出招。要是做這種事，很有可能慢慢就分不清那是自己的演技還是真心了。」

「好，我會注意。」

帶來的罐裝啤酒都喝完後，我跟江森道謝，我們就分開了。

回家時，江森自言自語似的嘟噥。

——這樣啊，是「Green・Green」啊……

我聽見他好像這麼說。

回到公寓所在的住宅區時，已經是四下鴉雀無聲的凌晨一點多。幾隻小飛蛾圍繞著走廊電燈飛來飛去。

家門上著鎖，燈也沒有亮。輕輕開門入內，這次沒看見女孩子。我鬆了一口氣，開窗散去屋內的熱氣，叼起一根香菸點燃。

那女孩留下的鍋子不見了。我把她趕出房間之後，她煮的東西都沒吃就直接放著。大概是她後來又用備鑰擅自闖進來，把鍋子帶回去了吧。

接連發生意想不到的事，使我大腦幾乎完全麻痺。不然仔細想想，這根本是應該報警的事態。備鑰被偷，陌生人多次闖進屋內。

然而，現在我還不想拜託警察。有時他們為了解決問題，未必會讓真相水落石出。事情可能在無法揭穿那女孩真面目的情形下落幕，我將持續一生沒有答案的自問自答。她的目的是什麼，為什麼知道我的義憶內容。為什麼會和夏凪灯花長得那麼像。

「沒關係，不用勉強自己想起來。」

——難道她真的是我認識的人？

再怎麼蠢，只要內心還有百分之一的疑問就是我輸。

最近她一定會再出招，到時我得好好誘導對話，套出一些情報，好揭穿她的目的。

方針確定後，我正要往燒水壺裡裝水，門上傳出開鎖的聲音。
這麼快就來了嗎？我全身戒備。
放下燒水壺，把香菸捻熄在菸灰缸。
都已經是第三次了，一定能冷靜應對。我如此高估自己。
沒想到往玄關回頭一看，看到她的裝扮時我整個人為之凍結。
「啊、你又想吃對身體不健康的東西。」
看到流理台上的泡麵，她傻眼地說。
沒有圖案的白色睡衣。這裝扮本身不足為奇。以深夜穿著去陌生人家來說未免太不設防，不過從她扮演的角色來看倒也不會不自然。所以，睡衣本身不值得太吃驚。
問題是，那件睡衣，和夏凪灯花住院時穿的睡衣設計完全一樣。
眼前的她和義憶中的夏凪灯花過度重疊，比真正的回憶更寫實，那天病房裡的空氣、睡衣領口外露的鎖骨與孱弱的聲音一起復甦。
胸口無條件發疼，全身細胞鼓譟。
這女生果然知道。知道怎麼做最能動搖我的心。
她脫掉拖鞋進房間，站在我身邊。那冰涼纖細的手臂碰觸到我的手肘，我觸電似的縮起手肘。
「算了，剛好我肚子也有點餓。嗳、也泡一碗給我。」

我暫且將所有情感阻斷，轉身面對她。回想自己剛才設定的方針。對，要套出情報。

「接續昨天的話題。」我說。

「什麼什麼？」

她抬眼凝視我。我強忍住反射性轉移視線的衝動，緊盯著她問：

「『不用勉強自己想起來』是什麼意思？」

她露出「什麼嘛，是這件事喔」的微笑。

用教小孩的語氣說：

「不用勉強自己想起來，就是不用勉強自己想起來的意思啊。」

這實在很像夏凪灯花會說的話。義憶中的她也很喜歡這類禪問答。為什麼跟千尋在一起很好，因為跟千尋在一起很好啊。

沉浸在不存在的過去回憶，拚命忍住不讓自己因懷念而微笑。我表達自己的不信任：

「反正妳只是虛張聲勢吧？只要講些頗像那麼回事的話，我就會配合妳的目的自己誤會了，對吧？」

我故意挑釁。這麼一來，為了取得我的信任，她或許會再亮一張牌。謊言愈滾愈大，破綻就會愈來愈多。這就是我打的主意。

然而，她沒有被我挑釁成功。

只是落寞地笑了。

「你現在這樣想也沒關係。不相信我是你兒時玩伴也沒關係。只要記得我會站在你那邊，這樣就夠了。」

說著，她在燒水壺裡多裝一人份的水，放上瓦斯爐。

看來，她很不好對付。詐欺犯都是這樣的，知道何時該往前踩一步，何時該退一步。

攻這條線似乎不用期待太大的成果，得換個角度進攻。

「妳或許不知道，我的義憶不是自己想要的。原本想服用『忘川』忘記過去，不知哪裡出了一點小差錯，送來的是『Green・Green』。」

「嗯，我知道你是這樣解釋的。」她一副很能理解的樣子點頭。「所以呢？」

「所以，和普通義憶擁有者不同，我對義憶沒有執著，對裡面出現的角色夏凪灯花也不感興趣。妳如果想冒充她來博取我的好感，那就大錯特錯了喔。」

她嗤之以鼻。

「少騙人了，前天喝醉回來時，明明那麼撒嬌。」

撒嬌？

我倉促回溯記憶。可是，不管怎麼想都想不起回家後的事。不期然地遇見她，交談了幾句話，到我躺進棉被為止中間發生了什麼事，這段時間的記憶完全消失。

可是，對人撒嬌——而且對象還是年齡相仿的女生——我實在不認為自己有如此大膽的能耐。就算喝得再醉，這麼一來簡直連人格都改變了。只要我不具備另一個人格，那種事就不可能發生。

這大概也是陷阱。或者說，是個惡劣的玩笑。

「我不記得有那種事。」我說得很肯定，但難掩語氣裡的慌亂。

「是喔，不過兩天前的事就忘了嗎？」她故意挑我語病，臉上掛著淺笑。「好吧，不管怎麼說，酒最好少喝點。」

燒水壺吐出蒸氣。她關掉瓦斯爐火，泡了兩人份的泡麵。不用我趕，就兀自端著自己那碗泡麵回隔壁，只留下一句「晚安，千尋」。

被她順利矇混過去了。

✦

回到離老家最近的車站，一下月台的瞬間，我已經滿心想掉頭就走。現在立刻跳上上行列車回我住的公寓，全身都在發出抗拒，一分一秒都想早點離開這座城鎮。可是，都來到這裡了，總不能什麼都不做就回去。就當作一種精神鍛鍊吧，我勉強自己振作。

這座城鎮本身並不討厭。現在回想起來，這是一座住起來很舒服的城鎮。位在丘陵地帶上，人口不到兩萬的新市鎮。前往市中心的交通方便，也有充足的公共設施與商業設施。居民幾乎都是中產階級，大部分人愛好和平，性格沉穩。街道綠意盎然，景觀宜人。對追求刺激的年輕人來說或許有點無聊，卻是很適合度過健全少年時代的城鎮。

也不是有什麼痛苦回憶。的確，我是個孤獨少年，但從未因為這件事承受來自周遭的不愉快經驗（至少就我自己認知範圍內）。不知是我這一輩的人特有的傾向，還是剛好身邊聚集的都是這樣的人。總之，我上的學校裡沒有大規模的集團，只有許多三、四人左右的小團體，像小島一樣分布。就算有個人喜好的差異，也沒有產生同儕壓力的問題。

不、即使不提這些，我總覺得單純因為周圍「都是好孩子」。或許得等離開鎮上獨自生活後的現在才能明白，這個城鎮人格高尚的孩子數量多到異常。原因不明，也許這塊土地特別吸引這樣的人。

我對城鎮沒有不滿，我不滿的對象是住在鎮上的我自己。老天都為我準備這麼棒的舞台了，我卻連一個美好回憶都製造不出來。深切感受到自己的不中用，這點令我痛苦。

城鎮是完美的，不完美的只有我。

回老家路上，我在各個地方看見過去自己的影子。六歲的我、十歲的我、十二歲的我或十五歲的我，依然以當時的樣貌出現在那裡。他們一律面無表情仰望天空，頑強等待某種改變自己的東西出現。

不過，到最後什麼也沒出現。二十歲的我知道這個。

趕快把事情辦完回去吧，趁著還沒被十八年的空白壓垮。

促使我這麼做的，是江森問的那句話。

「為了保險起見我確認一下，天谷你從出生到現在連一次都沒用過『忘川』嗎？」

我以為應該是沒有才對。

然而，仔細想想根本無法確切證明。

「忘川」包含「連使用『忘川』這件事本身也一起忘記」的選項。官方強烈推薦使用這個選項，因為要是不這麼做，就會永遠抱著「我到底用『忘川』遺忘了什麼」的疑問。

因此，不能因為我自己不記得了，就百分之百認定沒使用過「忘川」。我的父母雖然認為沒必要給小孩買義憶，現在回想起來，關於消除記憶這件事的看法，我一次也沒聽他們談過。說不定在他們的教育方針中，只有使用「忘川」是唯一的例外。也不是完全沒有這個可能。

抵達老家。這棟座落於住宅區最尾端，毫無特徵的二十年獨棟房屋，就是我出生成長的老家。姑且還是按了門鈴對講機，無人回應。母親早就離家了，父親正在上班，沒人也是正常。

打開門鎖進入其中，一陣懷念的氣味撲鼻。但也不因如此就湧現稱得上感傷的感傷，反而只是更想回自己住的公寓。對現在的我來說，「回去」的地方不是老家，而是那間寒傖的三坪小公寓。

踩著吱吱作響的樓梯上了二樓，踏進過去自己的房間。不出所料，房間跟我離開時沒有兩樣。灰塵很多，開始做正事前得先打開窗簾和窗戶。

——萬一真的有夏凪灯花這個人，而我也認識她的話。

想找到與她有關的線索，只能來老家的房間找了吧。

雖然這麼想著回來了，還是有擔心的事。要是我記得沒錯，搬離這裡時，把自己的東西都處理掉了。高中畢業到搬出去那段時間忙得不可開交，丟了什麼留下什麼，我是一點也記不得。抱著一絲期望心想，說不定還有些能辨識出過往人際關係的東西沒被我丟掉。

房裡整個查找一遍後，一如預料的，畢業紀念冊全軍覆滅。小學、國中、高中，三本都找不到。我想也是啦。一個想遺忘過去的人看了最礙眼的東西就是畢業紀念冊了。不用說，畢業作文集與大合照之類的東西也都處理掉了。剩下的只有英日字典、檯燈和筆筒。

別說找到關於夏凪灯花的線索，這間房間裡甚至找不到關於我的線索。從這徹底的程度看來，就算連一根頭髮都找不到也沒什麼好奇怪。

如果去就讀的國中問問看，不知道會不會給我看那年畢業的紀念冊或名冊。大概會用個資保護為由拒絕吧。找當時的同班同學借來看是最好的方法，問題是，國中時代沒有半個朋友的我不可能辦得到。聯絡方式就不用說了，我連同學的名字都不記得幾個。

搜索任務一轉眼結束。沒有其他能做的事。我在積了薄薄一層灰的地板上躺成大字形，側耳傾聽蟬聲。夕陽從窗外照射進來，映在牆上成了扭曲的橘色四角形。敞開的衣櫥裡飄出刺鼻的防蟲劑氣味，使我聯想到季節交替之際。

可是實際上，現在是盛夏的八月十二日。梅雨季不是早就該結束了嗎，不明朗的天氣怎麼一直持續。

「千尋，是你回來了嗎？」

樓下傳來喊我名字的聲音。是父親。

我不知道什麼時候睡著了。躺在地板上的緣故，身體關節疼痛。

爬起來擦去額上的汗，父親正好開門探頭。
「你在做什麼？」
睽違一年半看到兒子，父親的語氣卻很冷淡。
「只是回來拿東西而已。馬上就走。」
「這間房間看起來沒有什麼東西好讓你拿啊。」
「是呀，什麼都沒有。」
父親聳聳肩，我叫住一臉「懶得跟你說」就要轉身離開的父親：
「保險起見，有件事我想確認一下。」
父親緩緩回過頭說：「什麼事。」
「我有用過『忘川』嗎？」
幾秒鐘的沉默。
「沒有。」父親斷言。「你也知道我們家的教育方針吧。」
換句話說，在他的觀念裡移植義憶與消除記憶屬於同一範疇。
「那你記得夏凪灯花這個名字嗎？」
「夏凪灯花？」父親複誦這四個字，彷彿那是什麼罕見花卉的名稱。「不知道
啊，你認識的人嗎？」
「沒有啦，你沒印象就算了。」

「喂喂，我都回答你問題了，至少該解釋一下是什麼事吧？」

「有個叫這名字的人寫信給我。說是我以前的同學。我本來想說可能是詐騙推銷之類的，但對自己的記憶力沒有信心，保險起見就回來確認一下。」

這是我事先準備好的謊話。把從江森那裡聽來的故事稍微加油添醋。

「保險起見……是嗎。」父親右手摩挲臉上的鬍碴。「你這人有這麼一板一眼嗎？」

「有啊，這是遺傳。」

父親笑了，走下階梯。大概從現在就要開始喝酒吧。一邊喝威士忌一邊沉浸在義憶中，這是他人生唯一的樂趣。

沉浸在虛構的回憶裡時，父親會露出非常溫柔的表情。對妻子和兒子連一次也沒展現過的充滿慈愛的表情。如果現實生活能獲得滿足，父親一定會是個大好人吧。這是我的猜測。

在玄關穿鞋時，不知何時父親出現在背後。他一隻手拿著裝了威士忌和冰塊的杯子，另一隻手上拿著折成四折的紙片。

「剛聽你提到什麼信的，我才想起來。」父親這麼說，似乎已帶著幾分酒意，整張臉漲得通紅。「有封給你的信。」

「給我的？」

「對。話雖如此，已經是滿久以前的事了。」

父親把紙片丟給我，我撿起掉在面前的紙片，打開來看。

然後就被推入混亂深淵了。

來這裡果然是正確的決定。我心想。

「去年冬天，我的大衣弄髒了，有段時間都借你的來穿。這封信就放在那件大衣內袋。原本想說你應該不會要，但就這麼丟掉的話，寫這信的人太可憐了，姑且就留了下來。」

「不。」我把紙片折好。「我很慶幸喔。謝謝你特地拿給我。」

父親一口喝乾威士忌，也沒說再見就回客廳了。

走出家門，我再次打開那封沒有寄件人的信。

上面是這麼寫的：

「遇見千尋我很幸福，再見了。」

✦

回程電車中，我用手機查詢之前購買義憶的那間診所。

輸入診所名稱搜尋，三個月前找診所時明明存在的網站，現在卻從搜尋結果裡消失了。以為自己弄錯診所名稱，拿出收在錢包裡的看診單確認，沒有搞錯。

看診單上印著診所的電話，雖然櫃檯應該早就下班，我還是在最近一站下車打電話。坐在月台長椅上，一邊注意別搞錯號碼，一邊按下按鍵。

沒有聽到接通後的嘟嘟聲。

「您撥的號碼是空號，請重新查明再撥。」

更換關鍵字查詢好幾次的結果，發現這間診所似乎於兩個月前結束營業。可是，繼續往下搜尋，除了「已結束營業」之外查不出更進一步消息。只在城鎮的社區佈告欄中找到這麼一條關於結束營業的訊息而已。

我只得放棄，搭上下一班電車回公寓。

✦

她睡在棉被裡。當然不是她的棉被，是我的。穿著上次那件沒有圖案的白色睡衣，蜷著身體發出規律的鼻息。

喊她也沒有要起來的意思，我只好小心翼翼地搖晃她的肩膀。憑什麼身為屋主的我卻要這麼顧慮她這個闖入者，我這樣小心翼翼只會助長她的氣焰吧。儘管這麼想，我還是沒膽打醒她。

搖到第三次，她才醒過來。一看我就高興地說：「啊、你回來啦。」接著撐起上半身，輕輕伸了伸懶腰。

「剛曬好的棉被睡起來果然舒服。」

我無言地低頭看她。

——那封信會是出自誰之手？

我留在老家的大衣只有一件，是國中時代上學穿的牛角釦大衣。最後一次穿上那件大衣是國三畢業典禮時。這麼說起來，把信放進內袋應該是十五歲那年冬天的事吧。

然而，國中時代的我沒有任何會寫那種信給我的對象。是誰對我惡作劇嗎？問題出在那封信太自說自話了。如果是惡作劇信，應該會寫些勾起我某些反應的內容，像是叫我去教室後方的空地碰面，或寫下寄件人的名字。

我在腦中比較這封信的筆跡和留在冰箱那張紙條的筆跡。說像也像，說不像也不像。筆跡這種東西，從十五歲到二十歲難免會有點變化。

「你怎麼了？」

見我默不吭聲，她歪了歪頭。

這動作依然和義憶中的夏凪灯花一模一樣。

「……妳就是要堅持說自己是我的兒時玩伴？」

「嗯，就真的是兒時玩伴啊。」

「可是我父親說，他對夏凪灯花這名字沒印象。妳怎麼解釋？」

「這代表我和千尋的爸爸兩人之中有一人說謊吧？」她想也不想地回答。「你爸爸是誠實的人嗎？」

我不由得囁嚅了。

真要說起來，我完全無法保證父親一定會誠實回答我的問題。那個喜歡蒐集虛構事物的父親，也同樣喜歡散播虛構的事。他會撒無意義的謊，也會撒有意義的謊。他曾為了自我辯護撒謊，也曾為了否定別人撒謊。

那個家就是謊言組成的，其中的帶頭者父親說的話，到底能信任到什麼程度。

「你忘記了很多事情喔。」

這個自稱是我兒時玩伴的女孩緩緩起身，逼近我身邊。

「可是啊，那大概是因為有忘記的必要。」

這樣面對面一站，我才發現彼此的身高差比十五歲時差得更多。她抬頭看我的角度有微妙不同，和那時相比，她的體型也更女性化。話雖如此，幾乎沒有多餘贅肉，照現在這樣的體格差距，我可以比當時更輕鬆地一把抱起她。

不對。那不是我的過去。

「妳說說看啊，我忘了什麼。」

她表情蒙上一層陰霾。「還有點無法告訴現在的千尋。因為你看起來不像已經準備好的樣子。」

「妳想用這種話打馬虎眼嗎？我如果真的忘了什麼，至少拿出一個證據——」

沒辦法繼續往下說。

「千尋。」

因為她把頭埋進我胸口低喃。

纖細的手指，像個慈母般撫摸我的背部。

「慢慢來沒關係。一點一滴想起來就好。」

像有熱熱的液體流進我耳朵一般，大腦的芯一陣顫慄。

我不假思索甩開她的手，失去平衡的她一屁股跌坐在棉被上，有點驚訝地抬頭看我。

在所有反應之前，第一個浮上我心頭的是安心的情緒，幸好她跌下去的地方有棉被……

「……給我出去。」

出於罪惡感，我說這話的語氣有些軟弱。

「嗯、我知道了。」

她老實點頭，像不在意我粗魯推倒她的事，露出天真的微笑。

「我下次再來喔，晚安。」

她回到隔壁房間後，深沉的寂靜降臨。

為了消除她留在房內的氣息，我叼起一根香菸。找不到打火機，只好到廚房用瓦斯爐點火。這時，我才注意到流理台上有用保鮮膜包起來的盤子。裡面是淋上多蜜醬的蛋包飯，還溫溫的。

我只猶豫了一下，就整盤倒進垃圾桶了。

不是怕被下毒。這麼做，充其量只是為了表明自己的意志。

抽完菸，我在抽屜深處摸索。為了搶在詐欺犯前下手，我動了點小手腳。接著倒半杯冰透的琴酒，不兌水也不加冰塊，直接喝光。刷牙洗臉，關燈躺進棉被。閉上眼睛，還隱約聞得到她的味道。起來把枕頭翻個面，再重新躺下去。當然，光這麼做無法消除她留下的香氣，那天晚上，我作了和夏凪灯花一起睡午覺的夢。

在冷氣開得夠強的她的房間裡，年幼的我們像雙胞胎兄妹一樣相親相愛依偎成眠。拉緊窗簾的房間裡很暗，瀰漫一種與黑夜不同的靜謐。平日白天的住宅區鴉雀無聲，除了樓下搖晃的風鈴聲，聽不到其他聲音。彷彿我倆之外的人類都死光了似的，是那樣一個平靜安詳的下午。

04　一片空白呢

對沒有閱讀習慣的我來說，一講到圖書館，想到的就是學校圖書館。一講到學校圖書館，想到的就是避難所。從小學到高中，校園裡的圖書館就是一種避難所，又或者說是一種拘留所。

無法融入同班同學之中，在教室裡失去容身之處的學生，首先會逃進圖書館。連在圖書館裡都找不到容身之處的學生，接下來會逃到保健室去。如果連保健室都無法成為他的容身之處，這樣的學生就會把自己關在家裡不上學了。從拘留所到看守所，從看守所到監獄。大概像這樣。一開始就拒絕上學的學生雖然也不少，無法適應學校的學生大致上經由以上過程從校園生活中淘汰。而他們幾乎都無法再次回到學校。

「淪落圖書館」的學生中，超過半數會在幾星期內回到教室。少數從圖書館淘汰的學生則「淪落保健室」，到了這地步能再爬回教室的人就罕見了。在圖書館裡一待就是好幾個月的學生並不多，不是現在幾近絕跡的「真正喜愛閱讀的人」，就是像我這樣過度適應圖書館的奇異人種。

從國中到高中時代，漫長的午休時間我大多在圖書館度過。不過，就我記憶範圍內，一次也沒拿起圖書館裡的書來看。我不是在那裡看教科書，就是睡午覺。只有這兩種選擇。

一方面是我單純對看書沒興趣，更大的原因是，我希望能隨時提醒自己「我不是正規的圖書館使用者」。我不想和那些正經八百讀著書，臉上寫著「我來這裡是為了看書，和你們這群教室逃兵可不一樣」的人被混為一談（現在回想起來，我做的事和他們本質上是一樣的就是了）。

只會用這種方式和圖書館扯上關係的我，今天居然為了正當的動機造訪縣立圖書館。雖說我這次也不是來借書，當然最後或許還是要借，只是有些事想先來試試看。

向櫃檯出示借書證，辦理資料庫的使用手續。只要借用這裡的電腦，就能連到醫學相關的商用資料庫。不在家附近的市立圖書館，特地大老遠跑來縣立圖書館，為的也正是這個。與義憶有關的研究這幾年急速進展，我想先接觸一下刊登在專業雜誌上的內容。

上次來這裡，是為了調查「忘川」的安全性。這次則是為了調查義憶移植造成的記憶錯亂。

說得更具體一點，是這樣的。我想知道的是，人有沒有可能把事實誤認為義憶。把實際存在的青春時代誤認為「Green．Green」的產物，這種事是否有可能發生。

我不是真相信了那女的說的話。但是，回想自己昨晚的優柔寡斷，實在無法否認內心深處還有一部分相信著「實存論」。不然，要是我真的堅信她是詐欺犯，怎可能像那樣慌張失措。

我想要明確的證據。我需要確信義憶不管拿到哪裡都只會是義憶，和現實毫無關聯的證據。否則，總有一天我會被她矇騙。

不、矇騙我的不是別人，就是我自己。希望她說的是真的，希望夏凪灯花真實存在，是這樣的念頭與期待，自發性地引起我的記憶錯亂。

天真的期待就該連根斬斷才行。

在檢索欄裡隨便打入關鍵字，就算只有一點參考價值也好，把所有用得到的資料全部印出來。花一小時專心做完這些，大致瀏覽過所有文章標題後，帶著印出來的文獻前往閱覽室。在那裡花半天時間看完所有文獻。

只找到幾個相反的例子。把義憶裡的事誤認為現實發生過的事，這種情形似乎不稀奇。到最後，人們只相信自己想相信的事。無法忍受真相時，就扭曲自己的認知。比起改變現實，這種做法輕鬆多了。

另一方面，怎麼找都找不到把現實中發生過的事誤認為義憶的例子。我總算稍微放下一顆心。這麼一來就少了一個不安要素。或許只是我調查的方法不對，但至少可以知道這種症狀絕對不常見，這已經是很大的收穫。

大大鬆口氣，靠在椅背上。回過神時，窗外已是一片漆黑。圖書館內的使用者只剩下白天的一半左右。我把文獻收回包包，輕輕按摩一下眼睛後起身。

走出大門玄關自動門，才剛前進兩步，忽然無預警聞到夏夜濃密的氣味。瞬間感到暈眩，大概是因為大腦跟不上這氣味誘發的聯想，處理不了這麼多情報。十九年份的夏日記憶一口氣湧上來，從我身旁奔馳而過。

夏夜的氣味是記憶的氣味。每當這季節來臨，我都這麼想。

這時正好是從公司下班的人和放學回家的學生擠滿車內的時段。就算鄉下地方的尖峰時段也擠不到哪去，但密閉空間裡的乘客穿著吸收一整天汗水的襯衫，我還是一點也不想待在這裡面。

我堅強心志抓緊吊環，望著車窗外流過的街燈出神。每隔五分鐘就會湧上一股慵懶的睏意。狠狠操勞了一番的眼睛紅得像整晚沒睡。但是，付出這些勞力還是值得，今晚我可以用堅定的態度面對那個詐欺犯了。

一個轉彎，電車用力搖晃。站在我旁邊的中年男人失去平衡，撞到我的肩膀。我對他投以指責眼光，男人也沒道歉，只看我一眼就回到他手上一看就知道是八卦雜誌的書刊上。

我裝作被另一個方向的人撞過來，偷瞄男人正在讀的報導。

心想，肯定是無聊透頂的內容。

反白的標題文字率先映入眼簾。

把妻子誤認為義者的男人

睏意瞬間消散。

忍住想當場搭訕的衝動，等待男人下車的時機。男人在我前一站下車，我跟著下去，趁他還沒出剪票口叫住對方。

「不好意思……」

男人回頭，幾秒後，似乎察覺我是剛才車內站在他身邊的乘客。

「什麼事嗎？」一改剛才蠻橫的態度，男人怯怯地問。

「那個，您剛才在讀的那本雜誌……」

原本只是想問雜誌名稱，男人卻說：「喔，有什麼想看的內容嗎？」說著，把挾在腋下的雜誌遞給我。

「反正我都是要丟掉的，給你吧。」

我道過謝接下雜誌，男人把提包換到空出來的手上，快步離去。

再度走進剪票口，坐在月台褪色的長椅上打開雜誌。很快就找到那篇報導了。篇幅佔不到半頁的簡短文章，帶給我的卻是比今天在圖書館裡讀過的幾十篇文獻更有用的資訊。

內容講述一個年紀輕輕就喪妻的男人的事。

妻子在男人眼前喪命。而且死得非常悽慘。那是身為人類的尊嚴都被踐踏，令目睹一切的人連想起生前的她都倍感艱難的死法。妻子氣絕的下一瞬間，男人就堅定了要買「忘川」的決心。妻子應該也不希望自己以那種形式留在丈夫回憶中吧。

但又不能只去除悲慘的回憶。如果只有妻子臨死時的事想不起來，這種不自然的狀態一定會讓自己起疑心，總有一天又把當時的事給回想起來。既然要忘記，那就得忘個徹底。從與妻子相遇到分離的一切都忘了吧。

於是，他真的這麼做了。「忘川」發揮效果，男人失去與妻子相關的一切記憶。

然而，記憶消失了，那種彷彿失去半個自己的失落感依然停留在他心上。即使如此，他也提不起勁再婚（當事人以為自己是第一次結婚）。或許喪失伴侶的恐懼和失落感一起深深烙印在他腦中了。

於是男人做出的選擇是使用「蜜月」。換句話說，就是獲得虛構的新婚生活義憶。他前往診所接受諮商，一個月後收到根據他潛在欲望製造而成的「蜜月」。服用之後，他內心的大洞終於填滿，不由得佩服義憶技師的功力。這正是我追求已久的回憶啊。男人這麼想，深愛虛構的妻子，從中獲得內心的平靜安詳。

然而，過了不久，他開始受惡夢所苦。醒來後就想不起夢的內容，只記得自己不斷重複一樣的夢。那是宛如濃縮了全世界惡意的夢，每次從夢中醒來，枕頭都淚濕一片。

兩年後他才知道，自己以為是義憶的記憶其實是真實的過去。那天他服用的不是「蜜月」，而是「追憶」。不是用來植入義憶的奈米機器人，而是誤食了用來讓已消除記憶復甦的奈米機器人。聽說是診所把他跟另一個姓名相近的使用者搞錯了。他以為是虛構人物的妻子，其實是如今早已不在人間的愛妻。

可惜的是，報導中未曾提到記起一切的他，後來有沒有再服用一次「忘川」。

我反覆讀了這篇文章三次，才從雜誌裡抬起頭。十分鐘後抵達的電車空空蕩蕩，每個乘客都一臉疲憊。我坐在車內長條座椅的角落，閉上眼睛思考。

無法保證報導內容一定是事實。說不定是記者捏造的毫無根據的故事。

然而，的確有可能發生這種事。透過「追憶」復原的記憶不夠完整，假設「曾經消除記憶」的記憶沒有恢復，只想起核心部分的事，這種時候，會把想起的事誤認為義憶也很自然。

一切又回到起點了。不、或許比回到起點更糟。我正打算投靠這個最新出現，宛如美夢一般的新論點。我一心以為來自「Green・Green」的義憶，其實是透過「追憶」修復的真實回憶，只是一度在「忘川」的作用下被我遺忘。那些美好的日子不是虛構，我真的有一個叫夏凪灯花的青梅竹馬——這個可能性令我雀躍不已。

✦

沒有閱讀習慣的我，倒也沒有聽音樂的習慣。頂多是在失眠的夜晚打開收音機聽音樂節目。我連一次也沒有把錢花在音樂上，所以無論是流行歌還是眾人耳熟能詳的歌，我都一竅不通。

不過，只有那首歌的歌名，我隨時想得起來。

她今天也在房間等我。站在廚房裡把煮好的料理裝盤，同時哼唱著那首歌。

一首老歌。夏凪灯花經常哼唱這首歌。她的父親有蒐集唱片的興趣，受到他的影響，她也懂得不少老音樂。

令人懷念的旋律，刺激著義憶。

我聞到舊書的味道。

「小時候，根本都不知道歌詞的意思。」

拉起唱針，灯花這麼說。

「因為曲調很歡快，就以為一定是積極正面的歌。懂一點英文之後，回頭看這首歌的歌詞，我嚇了一大跳。原來我經常哼唱的是一首這麼消極的歌啊。」

那裡是灯花爸爸的書房。沒事做或讀書讀累了時，她就會帶我偷溜進這裡，像執行什麼莊重儀式般，把唱片放在唱盤上，帶著驕傲的表情放給我聽。

我對音樂毫無興趣，但喜歡和灯花一起在書房度過的時光。那間書房很小，又只有一把椅子，我們總是坐在地上，靠著彼此的身體。這是進入青春期彼此拉開一定距離後，破例肢體親密接觸的唯一時光。其實對她來說聽音樂也只是其次，時常她自己都沒發現連續兩天放了同一張唱片。

因此，她的「來聽唱片吧」這句話，對我而言擁有超越字面的意義。「我可以再過去一點嗎」、「我想跟你獨處」，這類令人心猿意馬的好感，都濃縮在「來聽唱片吧」這句話中。

必然地，我也喜歡起屬於這間書房裡的所有事物。舊書、LP唱盤、地球儀、沙漏、座鐘、紙鎮、相框、伏特加酒瓶（我還記得品牌是Hysteria Siberia）。透過書房這個媒介，這些東西總讓我聯想到灯花的體溫與肌膚的觸感。

她常哼唱的歌，我也大都會哼唱了。兩人在一起時，聊到沒話題了，就會有一方先開口哼起來，然後一起唱起這些歌。

「那是怎樣的歌詞？」我問。其實歌詞寫什麼我一點也不在意，只是為了留在書房久一點，刻意延長這個話題。

灯花像在看提詞大字報般盯著半空中的一點好幾秒後才回答：「待在身邊時覺得厭煩的女生，一被別的男生搶走就覺得好可愛。『拜託妳回來吧』、『再給我一次機會』。大概是這樣的歌詞。」

「漏網之魚特別大的意思是吧？」

「大概是這意思。」她點點頭。頓了一頓後又補充：「所以，千尋你也要小心喔。」

「我？」

「我的意思是，就算覺得厭煩也不能丟著不管喔。」

「我又沒有覺得厭煩。」

「是喔……」

捉摸不定的沉默持續了很久，我想找下一個話題，灯花卻毫無前兆地靠到我身上。

她把全身重量都放上來，像個失控的醉漢一樣咯咯笑。

「這樣可能就有點厭煩了。」我故意這麼說，掩飾自己的難為情。

「不准抱怨。」灯花教訓我。「不然我會被別的男人搶走喔。」

我乖乖照她說的做了。

停止哼歌，與那幾乎同時，我的意識追回現實。

「你回來啦。」她回頭說。「嗳、千尋，今天煮的菜我很有自信喔，一口就好，你嚐嚐看嘛。」

雙眼無法順利對焦，眼前的她身影朦朧。

腦中發出某種堅固零件鬆脫的聲音。

「千尋？」

伸出的手，抓住她單薄的肩膀。

下個瞬間已撲倒她。背撞在地板上，她發出微弱呻吟。我跨騎到她身上，快速達到目的。

鑰匙放在短褲口袋裡。確認不是她家的鑰匙而是我家的之後，我才放開她。

她起身低聲說「嚇死我了……」整理好紊亂的衣服，抬頭錯愕看我。

我指著家門。

「給我出去。」

她搖搖晃晃起身，穿好鞋子站在門口。手抓住門把，卻又改變主意朝我轉身。

「……你無論如何都不願意相信我嗎？」

正好相反。我心想。

只要一個不小心，我就會相信她了。正因如此才刻意屢屢擺出冷淡的態度。

見我不回答，她露出悲哀的笑容。再次轉身背對我，準備走出門外。

「等等。」

被我叫住回頭的她，看見的是我抓住擺滿料理的盤子。那是使用五顏六色夏季蔬菜燉煮的料理，擺盤精緻得近乎神經質。

啊、她輕輕驚呼。

盤子一斜，我把她親手做的菜全倒進垃圾桶。

遞出空盤，我說：

「這拿回去。」

她表情不為所動地凝視垃圾桶。接著，不發一語接過盤子，靜靜關上門離開。

第一次的勝利。我心想。我成功拒絕她的誘惑，證明自己能克服夏凪灯花這個幻想了。

可是，好不容易報了一箭之仇的我卻一點也高興不起來。別說高興了，時間過得愈久，心情愈沮喪。我從冰箱冷凍庫拿出琴酒，倒入玻璃杯兩口喝乾。躺在榻榻米上仰望天花板，等待酒精幫忙洗掉那無以名狀的不愉快。

將錯綜複雜的思路慢慢解開，忽然靈光一閃。我倏地起身，打開矮桌上的筆電。

✦

為什麼我會忘記這麼基本的事呢？

或許因為過著太不入世的生活，才會完全沒想到，但這世界上不是有個叫社群網站的東西嗎。就算不知道電話號碼或電郵信箱，只要知道名字和出身地，也能從中找到認識的對象。

使用社群網站，或許能輕易與國中時代的同班同學取得聯繫。除了詢問當時的事，說不定還能跟對方借畢業紀念冊來看。主動聯絡幾乎沒有交流的同班同學，這種事光是用想的，我就立刻想打退堂鼓，可是為了獲得夏凪灯花實際上不存在的確切證據，沒有不去做的道理。

我在最熱門的社群網站上註冊了一個帳號，登入後以母校名稱為關鍵字查詢，再指定年份，陸續搜尋到幾個有印象的名字。

反射性地陷入一陣喘不過氣的感覺。國中時代瀰漫教室裡的空氣，彷彿透過電腦畫面流入這個房間。不過那只是一瞬之間的幻覺，起伏的情緒立刻鎮定下來。我已經不是國中生了，今後的人生也不會再和這些人扯上關係——除了等一下要搭訕的其中一人。

找到八個同班同學。六個女同學，兩個男同學。我一一點閱他們在社群網站上發表的文章。像是在偷看他們的人生。明知這麼做也不能怎樣，我卻無法不這麼做。

那裡有著各式各樣的人生。有人出國留學，有人已經出社會努力工作。有考上名門大學，領著獎學金的人，也有人為了支援孤兒從事NPO法人活動，還有學生時代就跟同學結婚的人。

網站上也能看到各式各樣的照片。與眾多朋友一起烤肉的照片。穿著浴衣和戀人並肩合照的照片。和社團夥伴一起去海邊玩的照片。抱著剛出生嬰兒的照片。我沒去參加的同學會大合照。

像是再次提醒了我自己的人生有多麼空虛。可是，我並不覺得嫉妒。對在地上爬的人來說，雲端之上的人在做什麼不關我的事。反正距離這麼遠，無從比較起也不想比較。

我點開最後一個人的帳號。眾多高不可攀的花朵中，混入了一朵生於路旁的野花。她上傳到個人頁面的照片蕭條冷清，連一張拍到人的照片都沒有。近況報告也寫得很平淡，一看就是「在周遭的人要求下開了帳號，但沒什麼好寫」的感覺。往回翻看舊的貼文，發現她就住在鄰鎮。

我再確認一次這個帳號的名稱。桐本希美。喔，是那個桐本希美。這就說得通了。雖然想不太起她的長相和聲音，和其他同學比起來，這個名字清楚留在我記憶中。和國中三年都同班也有關係，不過不只如此。至今認識的人中少數給我「同類」感覺的人，那就是桐本希美。

她也是圖書館的居民。只是和我這種不是真的想來讀書的「淪落圖書館」使用者不一樣，她是真正愛好閱讀的人。從一年級春天到三年級冬天，她天天專情地上圖書館。以一副要把圖書館裡所有書都讀遍的氣勢追逐活字，光是午休時間還讀不夠，課堂與課堂之間的空檔及放學後，只要有空她就會把書打開。

戴著度數很深的眼鏡，厚鏡片下臉型輪廓都扭曲了，髮型也只隨便紮成一把馬尾，這樣的外表令我印象深刻。學業成績沒話說，長相也不差。乍看之下好像是老實認真的班長型人物，但班長這職位對不擅與人交流往來的她來說，好像又太難了點。

她總是一個人，視線隨時保持在下方，小心翼翼地只選擇陰影與角落走動。

三年國中生活裡，我有三、四次在課堂上和桐本希美湊組的經驗。音樂課、美術課，還有一些校園活動吧。同樣是被挑剩的人，在刪除法下湊成了一組。我因此知道，平常她雖是個沉默寡言的女生，只要一開口說話，也能跟普通人一樣聊天。

不、她其實一點都不普通。別說普通了，桐本希美能用比同齡小孩更流利的日語說話。不愧是習慣泅泳於活字大海中的人，很懂得如何運用語言達到最好的效果。因為這能力平時實在太派不上用場，一遇到為數不多的說話機會，她就會喜孜孜地開口測試自己話鋒有多犀利。說完之後又陷入深深的自我厭惡，變得比原本更沉默。

桐本希美就是一個這樣的女生。無法適應周遭世界的做法，又為了適應自己的做法更加遠離世界。她只會用這種笨拙的方式活下去。

心想，就是她了。

我決定一開始先不要太快進入正題，傳一通沒有重點的訊息給她。畢竟學生時代幾乎沒有交流的同學一開口就要求「借我看畢業紀念冊」，只會被當成想蒐集個資的販賣個資集團吧。

花二十分鐘寫成的文章非常不自然。即使再怎麼客氣，也只能說那就像會講日語的外國人寫的垃圾信。這也不能怪我，我還是第一次傳網路訊息給認識的人。再說，事實上我跟外國人也沒兩樣，不管在哪裡，不管跟誰在一起。

儘管對自己寫的文章非常不滿意，就怕時間久了我的決心會漸漸退縮，只好趁酒意未消時不假思索傳出去。然後闔起筆電上床。

那天晚上，我又被慣例的惡夢驚醒。爬出被窩，走進廚房拿杯子裝水，連續喝了三杯。作惡夢時我都會這麼做。喝冷水讓身體湧出現實感，惡夢因此失去容身之處，我知道這麼做能將惡夢驅離。幾分鐘後，連夢到什麼都忘記了。要是恐懼沒有完全消失，就再喝一點琴酒。這麼一來，大致上的惡夢都能忘掉。透明的液體具備這種力量。「忘川」的語源是「忘卻之水」，我總想像那是非常澄澈美麗的液體。

過了一整天，始終沒收到桐本希美的回訊。不是把我當作推銷員或那類業者，就是認出我是同班同學但仍決定視若無睹。如果是前者，那就還有希望，只是在對方毫無反應的這個階段，究竟如何我也判斷不出。不、說不定她沒有天天確認社群網站的習慣。

我思考是否該再傳一次訊息給她。揭穿夏凪灯花的真面目是我現在最想做的事，為此必須不擇手段。桐本希美對我而言原本就是可有可無的存在，就算利用了她而遭到嫌惡或輕蔑，我也不痛不癢。

問題是，第二封訊息要寫什麼才好。怎樣的文章內容，才會讓對方願意信任我，對我產生興趣。我像個有生以來第一次寫情書的少年，重新改寫好幾次。寫到自己都看不懂在寫什麼時，忽然想起一個最惡劣的點子。

我立刻執行了那個點子。內容就略過不提，只能說我參考了江森說的那個詐欺犯。

效果非常驚人。僅僅一小時之後，桐本希美就回傳訊息了。我一點都沒有良心不安的心痛。只是一想到為了揭穿騙子的謊言，我自己也成了騙子，感覺有點奇妙。約定隔天下午在車站前碰面，我和她就不再互傳訊息了。

看看時間，已經是晚上九點多。從這幾天的傾向看來，這是自稱夏凪灯花的女人差不多要潛入我房間的時段。我下意識望向鄰接她房間的牆壁，接著看了看門口。然而，不知為何，一點也沒有她今晚會打開那扇門的預感。

最後，那天晚上她終究沒有出招。或許知道我不會受她操控，打算重新擬定計畫。也可能想裝作料理被我倒掉而傷心的樣子，打算觀察我的反應。又或者不出招也是一種招數。如果真是如此，雖然不甘心，只能說她這招奏效了。我整晚都豎起耳朵傾聽隔壁的聲音，思考她沒有過來的原因。睡意終於來臨時，朝陽的微光已從窗戶縫隙間照進屋內。

算算這是睽違五年的重逢。

桐本希美老老實實站在約定好的石像前，藍色雨傘架在肩上，板著一張臉瞪視著雨。以前隨便紮成一把的馬尾放下來，厚重鏡片的眼鏡也換成了隱形眼鏡，穿著打扮變得時髦許多。即使如此，整體給人的印象和當年一樣。瀏海下那雙彷彿放入所有負面情感攪拌再加水稀釋過的眼瞳依舊。簡直就像只留下桐本希美這個概念的核心，其他所有零件都抽換成更優質的東西。

一看到我，她就輕輕點頭。接著無言指了指馬路對面的咖啡廳，也不等我回應便逕自走去。意思大概是，不管怎樣先去躲雨吧。

店內充滿來躲雨的客人，幸而還有座位。我們在窗邊的兩人桌入座，用服務生端來的冰水潤了潤嘴唇後，桐本希美這才終於打破沉默：

「你的目的是什麼？」

「目的？」我反問。

「找我出來打的是什麼主意？」她陰沉的視線落在桌角。「想拉我入什麼宗教？還是找我加入直銷？或是網路老鼠會？如果是這類目的，很抱歉請現在就讓我回去。我既不需要宗教救贖，也不缺錢。」

我傻眼地凝視著她。

她偷瞄了我幾眼，眼神游移不定。

「如果是我誤會了，那很抱歉。可是，跟我這種人聯絡，我想不出除了那些目的之外還會是為了什麼……」

說到最後，聲音已經微弱得聽不清楚。

我從桌子中間拉過一杯水，猶豫了一下才一口喝光。

怎麼會這樣。「沒那回事，我單純是想跟妳見面才跟妳聯絡的。」很想這麼說，但她的想像雖不中亦不遠。我雖然不是宗教信徒也不是直銷會員，今天來這裡的最大目的卻也不是單純想見面。事實上我確實打著別的主意。

撐過眼前場面很簡單。但我不認為自己的演技能持續太久。要是我是那種能自然而然裝作對誰有好感的人，現在早就不會這麼孤獨了。

我叫來服務生，點了兩人份的咖啡。對桐本希美的疑問，既不否認也不承認，取而代之的是這麼問：

「妳該不會有過那種經驗吧？」

這只是一個為了撐場面而發出的無意義問句。

然而，以結果來說，這也成了最好的回應。

她睜大眼睛，身體顫抖。接著，睫毛低垂，像石頭一樣悶不吭聲。旁人一看就知道她正非常混亂，我覺得自己做了什麼壞事，一陣罪惡感來襲。

好長一段時間，她始終保持沉默。不知道是不是想講什麼，還是在等我的下一句話，又或者是氣到不想跟我說話。從她的表情裡，我什麼都讀取不到。

我那麼問沒有什麼意思，請別介意。當我正想這麼賠罪時，桐本希美開始輕聲低語。

為了聽清楚她的聲音，我隔著桌面往前探身。

「上高中不久，我很快交到了朋友。」她的聲音乾澀。「怕生的我總是一個人，但那女生每天都來找我親暱地說話。有生以來，我第一次交到朋友，她是個非常爽朗的女生，和我不一樣，班上同學大家都喜歡她。明明和誰都能成為好朋友，她卻凡事以我為優先，這讓我感到非常驕傲。」

她嘴邊浮起一抹溫暖的微笑，但這笑容只維持了不到兩秒。

「但是，變成好友差不多一個月後，她開始帶我去奇怪的地方。聽都沒聽過的詭異新興宗教聚會。下個星期、再下個星期她都帶我去。大概以為沒有朋友的我很容易說服吧。我鼓起勇氣跟她說自己沒打算信教，請她不要再邀我去教會了。結果隔天起，她就不再跟我說話。不只如此，還在學校裡散播惡意謠言，後來的三年，我每天都活在冷淡視線與無情批評中。」

咖啡上桌了。服務生把我們之間窘迫的沉默誤認為別的意思，露出曖昧的笑容輕輕鞠躬後離去。

「……辛苦妳了。」

我只能這麼說。

「是啊，非常辛苦。」她點頭。「所以我很討厭謊言。」

聽她這麼說之後，我可沒那膽量再對她說謊。告訴她事實吧，我下定決心。

換個看法，桐本希美明知我很可能是騙子，卻還願意來見面，就表示她的個性經不起別人拜託。這麼一來，向她坦言我原本的打算，事情或許會更順利。

啜飲一口咖啡，把杯子放回杯碟。我說：

「桐本妳猜對了一半。」

她猛地抬起頭，但又馬上低下去。

「一半？」

「之所以聯絡桐本，其實是為了某個目的沒錯。這是事實。」

「……另一半呢？」

「我不是找誰都好。其他還有幾個人可以找，當我從中選擇見面的人時，剩下的都是絕對不想見的人。所以才選擇與桐本聯絡。就這層意義而言，也可以說我是特地來與桐本見面的。」

她再度沉默。不過，這次沒有持續很久。

她面無表情地說：
「那你說的為了某個目的是？」
看來，我已經突破第一道關卡。
我先向她道謝，然後進入正題。
「夏凪灯花。妳對這名字有印象嗎？」
「夏凪灯花？」
「妳記得我們國中同學裡，有叫這個名字的女生嗎？」
她將雙手交握在桌上，想了一下子。
「你也知道，我國中時和同學幾乎沒有往來。所以，話不能說得太肯定，只是……」
像是從長長的瀏海下偷偷窺視我一般，她這麼說：
「至少就我的記憶，班上沒有叫這名字的學生。」
接下來，桐本希美一個一個舉出班上同學的名字。不能說得太肯定什麼的根本就是謙遜之詞。她把各年級時班上所有同學的名字都記住了。
「這些應該就是全部。」她放下數數的手指這麼說。「因為也過好多年了，沒自信一定對就是了。」
「不、我想妳說的應該沒錯。好驚人的記憶力。」

「長相完全不記得了，不可思議的是，名字卻忘不掉。」

我雙手抱胸思考。心想，桐本希美的記憶應該是真的。記憶如此確實的人，不可能連同班同學的名字都記不住。班上果然沒有夏凪灯花這個學生。

但是就算如此，依賴記憶解決因記憶而生的問題，我總覺得還是有點無法接受。

更何況，原本這一連串的疑惑就是來自「記憶是否真的可靠」的問題。用記憶來解決這個問題，難道不會陷入某種覆轍嗎？另一個我這麼想。

「我認為桐本妳的記憶正確。」我選擇遣詞用字。「只是，為了說服我自己，我需要一個明確的證據。桐本，請問妳手上有畢業紀念冊嗎？」

「呃、有的，應該收在家裡什麼地方吧。」

「如果妳願意，可以讓我看一下嗎？」

「現在？」

「是啊，可以的話，我希望愈早愈好。要是桐本妳……」

「那就走吧。」

我話都還沒說完，她已抓住帳單起身。

「我住的公寓離這裡不算太遠。」

我們默默走在雨中的城鎮。一點也不像一對睽違五年重逢的同班同學，彼此沒有對話。

這種時候，一般人都會聊聊近況吧。不時分享一些共同朋友的傳聞，話題慢慢回到過去，談起當時可笑或印象深刻的往事，聊得不亦樂乎。

可是，我們兩人沒有那種回憶。沒有從那時往來到現在的共同朋友，聊起近況只會顯得淒涼。我們當時各自在教室兩端呼吸稀薄的空氣，不受注意地活著，只能在圖書館獲得短暫的歇息。我們都知道彼此當初過的是這種灰暗的日子，也就提不起勁回顧了。

在車站前搭上公車二十分鐘左右，下車後再走五分鐘就是桐本希美住的公寓了。和我住的老舊公寓比起來，這間公寓乾淨許多，外牆也看不到任何污漬。停車場裡停的輕型小轎車有著年輕女生偏好的顏色。

我本來打算站在門口等，桐本希美卻招手要我進去。

「你不是很急嗎？在這裡看沒關係喔。」

儘管有些抗拒進入不熟女生的房間，不可否認的是，我真的很想盡快確認畢業紀念冊的內容。於是我坦然接受她的好意，靠牆放好濕淋淋的雨傘，進入桐本希美家。

用散亂來形容不太公平。有很多書，這麼說應該比較恰當。屋裡有三個大書櫃，每一個都塞了滿滿的書，收不進書櫃的書在地板和桌上到處疊成一疊一疊的。仔細看會發現，這些書似乎按照了某種她自己的規律擺放。這麼說或許有點奇怪，桐本希美家給我的印象是一種整理過的散亂。

「抱歉屋裡很髒。」她像察覺什麼似的難為情地說。

「不、只是東西多而已，我一點也不覺得髒。」

雖然我不知道一般女生的房間是怎樣，桐本希美的房間顯然跟一般人的標準大不相同。這是一間很有個性的房間，另一方面，如果把造成這印象的大量書堆移除，這裡將搖身一變為沒有個性的匿名空間。桌子、床、沙發……家具的設計全都毫無個性可言，只是些符碼。就像直接在上面貼了「桌子」、「床」和「沙發」的標籤。

她蹲在書櫃前，大開本的書和相簿之類的東西好像收在最下層。

一邊找畢業紀念冊，桐本希美一邊問我：

「話說回來，你自己怎麼沒有畢業紀念冊？你沒買嗎？」

「丟了。搬離老家時，為了盡量減少行李。」

「很像你會做的事。」她噗哧一笑。「我也想過要丟，但如你所見，長得像書的東西我就是丟不下手。」

「很有妳的風格啊。不過，拜此之賜幫了我大忙。」

「不會，別客氣。」

她在第二層書架上找到畢業紀念冊，拉出來後拍掉塵埃才遞給我：「請看。」

我先打開集結畢業生個人照的頁面。確認過班上每個同學後，以防萬一也確認了其他班級。

「沒有耶……」桐本希美從我身旁窺看。

我看了整整三次，正如她所說，找不到名叫夏凪灯花的學生。

之後，我們又一張一張確認了各個社團的活動照片及社員大合照、上課拍的照片，還有學校舉辦活動時拍的照片。桐本希美一一說出照片裡每個人的名字。

「千尋。」

忽然聽見自己的名字，把我嚇了一跳。她似乎是想說「這張照片有千尋」，手指的那張照片裡，我正做出抄板書的動作。

照片裡的我看上去像個專心上課的好學生，其實我知道才不是那樣。那時我老是盯著時鐘看，掛在黑板上方的時鐘。盯著它一心等待下課。一秒也好，只想趕快離開學校獨處。總覺得我愈是這麼想，時針動得愈慢。

下一張映入眼簾的照片，是我在社群網站上搜尋到的第一個女同學。照片拍的是園遊會話劇表演的一幕，那種最常出現在畢業紀念冊裡的照片。她是個耀眼的女生，長得漂亮個性又好，對眾人一視同仁，每個人都喜歡她。

這個女生用社群帳號上傳的同學會照片忽然浮現腦海。

「對了，桐本妳參加過同學會嗎？」我隨口這麼問。

「沒有。」她輕輕搖頭。「這麼說來，千尋也是？」

「嗯。既沒有特別想見的人，應該也沒有人想見我吧。」

「我也是這麼想。不管見到誰，只會覺得自己可悲而已。再說——」

說到這裡，她忽然僵住了。因為一片空白的跨頁忽然闖進我們視野。

我一時之間不明白這代表什麼，第一個想到的是印刷失誤。可是，我隨即發現，這兩頁空白是用來讓同學寫留言的頁面。

我裝作若無其事的樣子翻面，她帶點自嘲地微笑說：「一片空白呢。」

我很想說「我的還不是一樣」，最後沒說。反正對方大概也知道。

很快地我們確認完所有頁面，畢業紀念冊證明了我的同學裡，沒有一個叫夏凪灯花的女生。

離開她家前，桐本希美猶豫地問：「那個……」

「那個叫夏凪灯花的人到底是誰？為什麼千尋要找那個人？」

「抱歉，我不太想說。」

我看也不看她一眼這麼回答。不知為何，我不想再繼續待在這屋子裡，一心想趕快回自己公寓喝琴酒。

「這樣啊。」

她很乾脆地放棄追問。

我嘆口氣，回過頭說：

「是虛構的人啦。」

光聽這一句話，桐本希美就察覺一切。

「是義者……嗎？」

我點點頭。

「因為一點小失誤，現在我腦中記憶與義憶交錯在一起了。我產生自己以前有個喜歡的女生的錯覺，像個笨蛋一樣。」

她溫柔微笑。

「我懂喔，因為我也有類似經驗。」

接著她似乎想說什麼。我猜大概是「類似經驗」的內容吧。不過，那些話在聲波震動空氣前吞回喉嚨了。取而代之的，是用無關緊要的話為我們今天的對話做總結。

「要是能早點從夢中醒來就好了呢。」

我淡淡微笑，向她道謝：「今天很謝謝妳。」

「不會，能見到好久以前認識的人，我也覺得很高興。那就這樣。」

關上門前，我看見她輕輕揮手。

這是我最後一次看到桐本希美。

外面還在下雨。柏油路的凹陷處多出幾個水窪，打在水面的雨點描繪出幾何圖形。好像有人說過，雨水會洗去人生道路上的回憶。我想盡快把今天挖掘出來的一連串回憶忘記，收起正想撐開的雨傘，暫時讓雨淋濕自己。

05　主角

數位相機普及後數量銳減的幽靈似乎有一部分花了幾十年的時間搬進電子空間。以某一時期為界，網路上開始不時出現目睹電子幽靈的證詞。那幾乎都是編出來的故事或設計精巧的惡作劇，不過，其中也有大大上了新聞後至今仍未找到真相的幾樁事件。

最廣為人知的電子怪談莫過於「茅野姊妹」了吧。這故事來自一位女性的親身經驗，她說自己五年來每天通電話的朋友，其實在兩年前已經死亡。不只如此，這件事還有後續。一如標題的「姊妹」所示，跟女性通電話那位朋友有個長得一模一樣的妹妹，姊姊死去後，這位妹妹頂替姊姊跟朋友通電話。這就是事情的真相。

與擅長社交的姊姊宛如對照，妹妹性情內向，除了姊姊之外沒有親近的熟人。失去唯一說話對象的茅野妹接到姊姊的朋友打來的電話時，假裝成姊姊接起了電話。就這樣，她持續扮演死者，以姊姊的身分和那位朋友通電話，以姊姊的身分和那位朋友見面，以姊姊的身分更新姊姊的社群網站。茅野姊妹不只長相與身材相似，關於姊姊的事妹妹無所不知，所以那位朋友渾然沒有察覺姊妹調包的事。兩年後，這場謊言因為一些小事被識破，聽說妹妹後來重新和這位女性建立了朋友關係。

光聽到這裡或許覺得只是一樁溫暖人心的小故事，其實還有更詭異的後續。一篇報導提到茅野姊生前使用的網路社群帳號最後的貼文，這篇文章掀起了議論。乍看之下平凡無奇的文章，換個角度看就像在發出「身邊的人想要我的命」的信號。寫這篇報導的人是從庫存頁面中找到姊姊的貼文，原本發表的貼文已經被茅野妹刪除，事情因而鬧大了起來。為了把姊姊的朋友據為己有，妹妹殺害了姊姊，這樣的傳聞不脛而走。

直到最後，茅野妹都未曾對此事做出任何解釋，姊姊的帳號就這麼閒置到現在，變成知名的試膽網路廢墟。

✦

雨連下三天，中間夾一天起不了什麼作用的陰天，然後再連續下三天。這種壞天氣持續得久了，彷彿連晴空的顏色都會忘記。氣象預報說即將有大型颱風靠近，只要等颱風過後，暫時又會恢復好一陣子的大晴天。

仔細想想，這個夏天經常下雨，雨天多得不可思議。雖然很少下大雨，霧一般綿密的小雨卻是一直下個不停。拜此之賜，我不知道在公寓與投幣式洗衣店之間來回了幾趟。幸好洗衣店裡開著適度的冷氣，我可以在那裡慢慢翻看舊雜誌或報紙，等衣服烘乾。

這一星期以來，我掉了一把傘，被風吹斷了一把傘，還有一把折傘被偷。丟掉髒得不像話的涼鞋，買了一雙新涼鞋。把除濕劑丟進壁櫥。雨天對我人生造成的影響，頂多就是這樣。本來過的就是打工以外什麼事也不做的日子，雨天的錄影帶出租店比平時更沒客人上門。我覺得自己好像在深山裡的土產店工作。店裡瀰漫一股潮濕的霉臭味，而老闆一點也不介意的樣子。

那之後江森一次也沒聯絡過我。除了他之外沒有其他朋友的我，必然過起獨自一人的日子。一如往常，這就是我的日常。

不用打工的日子，我會去縣立圖書館找關於義憶的文獻看。也不是有什麼特別想查的事，只是我發現，與其讀沒興趣的雜誌，不如讀有興趣的學術文獻還比較有意思。

追逐文字追逐得累了，就簡單睡一下，或去休息室買自動販賣機的咖啡喝，抽兩根菸再回閱覽室。五點聽到報時的童謠〈滿天晚霞〉才離開圖書館，回程買一罐罐裝咖啡，一邊小口啜飲，一邊沿著鄉間小路從車站慢慢走回家。回家後不是看電視就是聽廣播，吃泡麵當晚餐，沖個澡洗去一天的汗水，拖拖拉拉到半夜，喝點琴酒，直到東方發白才入睡。

菸蒂、空罐、空瓶……只有透過這些東西的累積，我才能勉強感受到日子在過。要是沒有這些，我可能連昨天和今天的差別都分不出來。我的生活就是這麼的一成不變。連一年前的現在在做什麼都想不起。

證據都齊全了。父親和桐本希美的證詞。畢業紀念冊的班級頁。我果然沒有一個叫夏凪灯花的青梅竹馬。我沒記錯，她確實是義者，是義憶技師創造出的虛構人物。剩下的，就是把這些證據端到那個詐欺犯面前，要她承認失敗。等這一切都結束，我就會喝下收在抽屜深處的「忘川」，為這一連串蠢事劃下休止符。

這是我原本的打算。

沒想到，說完「晚安」走出房間那天起，那個自稱夏凪灯花的女人就沒再現身了。從晚上她家燈會亮起這點看來，人確實還住在那裡，只是不再有任何稱得上動作的動作。

是放棄誆騙我了嗎？還是在做其他繁瑣的詐欺準備。說不好奇是騙人的，但也不曾想過要主動開口找她。如果她想讓事情就這樣不了了之，那我也無所謂。要是她還在謀劃什麼新計策，等下次她來的時候我就會要她好看。以某種形式做出決斷後，才是服用「忘川」的好時機。

那天我也喝到天快亮，昏迷般睡去。八小時後被風聲吵醒。暴風雨。窗戶縫隙傳出類似口哨的聲音。打開廣播，正好在播放颱風消息。

頭和喉嚨都在痛。一方面是宿醉，一方面是菸抽太多。我用還殘留昨晚琴酒味道的杯子裝水沖進胃裡，加熱事先泡好的咖啡慢慢喝，然後站在抽風機下抽菸。兩根香菸抽成灰燼後，滾上床聽廣播和雨聲。

我喜歡雨。感覺雨總是一視同仁地對所有人造成困擾，這樣很好，很公平。能不能享受大晴天因人而異，但遇到豪雨時，所有人都只能用差不多的方式享受。關在房間裡喝點熱飲，躲在安全範圍內享受風雨帶來的非日常感受。頂多就是這樣了。

聽膩廣播後，我在窗邊鋪了座墊坐下，打開昨天從圖書館借回的書。那是一個在我從沒聽過的領域留下我從沒聽過的業績的我從沒聽過的偉大人物傳記。對我而言，書這種東西跟我愈沒關係愈好。能讓我忘記當下存在於此地的自己。忽然想看書，大概是受到前幾天見面的桐本希美影響。

每隔三十分鐘休息一下，我慢慢讀下去。有時忽然一陣特別強勁的風吹來，聽見雨點用力擊打在窗玻璃上的聲音。時間流動得驚人緩慢。

差不多下午三點左右。

突如其來的飢餓感襲擊了我。

那是一種彷彿連根奪取人性的兇暴飢餓感。仔細想想，我從早上起床後就什麼都沒吃。這麼一想，胃像麻醉剛退一樣隱隱作痛起來。

放下書，打開流理台下方櫥櫃，連一碗泡麵都不剩了。當然，冰箱也是空的。不得已只好放棄，想抽根香菸，又發現剛才抽的已是最後一根。看來勢必出門購物才行。雨傘大概派不上用場，我穿上防水連帽外套，帽子往下拉到幾乎蓋過眼睛，套上涼鞋踏入狂風暴雨中。外面暗得不像下午三點多，路上散落著風吹來的垃圾、樹枝或斷掉的雨傘。雨從側面打來，眼睛都張不開，每次一陣強風吹來，身體就跟著搖晃不定。

和平常相比，超市今天空曠無比。掃了最便宜的泡麵和香菸，把購物袋口綁緊才走出店外。雨勢比剛才更激烈了。

為了躲避強風，我沿著矮牆走。驀地停下腳步，因為看見面向道路的房屋凸窗邊，有人正往這邊看。

不是人。是貓。在附近見過好幾次的虎斑貓。一直以為是流浪貓，原來有人養。牠一臉「在這種雨天外出遊蕩，你這人嗜好也真奇特」的表情凝視我。我靠近凸窗，故意對牠皺眉，貓不動如山，像座擺飾似的定在原地看我。

回到公寓，把濕衣服丟進髒衣籃，進浴室沖個澡。走出浴室，用燒水壺煮好熱水時，才發現原先餓到走投無路的空腹感像是在騙人一樣已經消失了。

往榻榻米上一躺，抽起剛買回來的香菸，細細品嚐味道。房裡很涼爽，粗糙的榻榻米摸起來很舒服。雨不停歇地下在城鎮上，宛如剝除什麼一般從所有事物身上洗去意義與意味之類的東西。我想起凸窗邊的貓，然後想起凸窗邊的幽靈。

✦

七歲那年夏天，我看過幽靈。

那是現在根本不值得一提的胡說八道。第一，這個故事裡出現的幽靈並不是真的幽靈。第二，這根本就是義憶裡的事。光憑這一點就失去怪談的價值。

幽靈住在附近一間古意盎然的日式住宅，總是從二樓的凸窗看外面的道路。那是個長髮少女幽靈，身材纖細，皮膚白皙，老是散發一股憂鬱的氛圍。每次我路過那裡，她就會像趴在窗戶上一樣探身，視線追隨我。

我猜，她一定是以前死在那屋子裡的小孩。我同情她，但也害怕。擔心她會不會嫉妒與自己年齡相仿的活人小孩，說不定還想把我也帶去那個世界。雖然她總面無表情注視我，誰知道那雙無神的眼底深處是否熊熊燃燒對活人的憎恨火焰。我害怕與少女幽靈打照面，每次經過那條路都快步通過。

偏偏正好剛從電視上看過靈異節目，或是剛好聽說幾年前這附近有小孩失蹤的傳聞，少女又經常穿著不自然的白色洋裝。幾個要素加在一起，讓我認定那個從窗戶內眺望路上行人的病弱少女是個幽靈。與其說兒時的我具有豐沛的感性，不如說缺乏知性。

那年夏天，我參加了游泳班。正確來說，是被迫參加。小學放暑假後，嫌兒子整天在家礙事的母親幫我報名了短期游泳班，以此為藉口把我趕出家門。從我家走到游泳池大約十分鐘，班上除了我之外只有另外五個學生。那五個人原本就認識，只有我像個局外人。話雖如此，這種被排斥在外的感覺，我在家裡已經很習慣了，事到如今也不成問題。我的注意力只放在幽靈身上。

游泳池位在一塊狹長土地的後方，要去那裡一定得經過某條路，而幽靈屋的凸窗就面向那條路。沒有爸媽接送也沒有一起來回的朋友，我總是一個人走那條路去游泳。去程至少天色還很亮，回程通常已是傍晚，在昏暗天色中與幽靈少女四目交接常嚇得我如結凍般全身僵硬。即使如此，還是擔心一不看著她，她就會趁隙做出什麼可怕的事，即使已從那扇窗前經過，我依然一再回頭，確認少女仍站在原地不動（她把我這樣的舉止解釋為對她有好感，這就是我意想不到的事了）。

隨著日子一天一天經過，幽靈出現的頻率愈來愈高。說穿了，其實只是少女掌握了我經過這條路的時段，對我來說，那卻像是某種不祥的徵兆。我想，少女一定在打什麼壞主意。

我的預測某種程度來說也沒錯。過了不久，幽靈只要一看到我，就會朝窗外微笑。不只如此，那笑容更是專屬於我，其他孩子經過那條路時，少女依然面無表情。我的擔憂轉變為確信。

那一定是惡靈。只是頂著可愛少女的外皮，真面目是吞噬人類魂魄的飢餓野獸。

而我——雖然不知道為什麼——被那惡靈盯上了。

恐懼一點一滴侵蝕我的生活。滿腦子都在思考該怎麼做那個惡靈才會放過我。少女的臉日日夜夜浮現我腦海，這麼說起來好像單戀的少年為戀情而心焦，當事人我可是打從內心畏懼。就怕哪天她要來取我的命，或者當那扇窗戶打開時會發生什麼無可挽回的事，每天晚上都作惡夢。

也曾好幾次想找人商量，但又怕只要提到她就會召喚來災厄，始終下定不了開口的決心。再說，我沒有朋友，父母也不關心我，打從一開始我就沒有人能商量這件事。

即使如此，漫長的一個月終究也過去了。

上完最後一天的游泳課，我向兩位教練打過招呼後離開了游泳池。游了很長一段時間的關係，身體疲憊不堪，腳步卻很輕盈。這麼一來就能獲得解脫，再也不用從那扇窗戶前經過，不用擔心看到少女的臉。想到這個，我的心都飛起來了。

幽靈屋即將出現眼前，我心跳加速。夕陽下，看不清窗戶內側的情形。就算這樣我還是知道，今天她也在那裡。坐在凸窗前托腮眺望遠方，一看到我出現就往窗戶探身，臉上綻放笑容。

果然，幽靈這天也出現了。

不過今天的她有點不一樣。即使看到我，她還是一動也不動，臉上沒有綻放笑容。就像我第一次經過這裡時那樣，只是機械式地用視線追隨我的身影。為了看清她的表情，我瞇起眼睛凝神細看。

當我察覺幽靈在哭的那一刻，花一個月建立起的認知猛然顛覆。轉換發生在一瞬間，我眼前的不再是威脅性命的惡靈，只是個有血有肉的女生。

根本沒有什麼幽靈。對著窗外嗚咽的她，只是出於某個原因而被關在家裡，急著想去外面的世界，只好趴在窗戶邊等待。是這麼一個被囚禁的可憐女孩罷了。如今她那纖細的身體看在我眼裡更小了一圈。我竟然害怕這麼文弱的女生，不由得覺得自己沒用。

內心同時湧現單純疑惑，她為什麼在那裡哭呢？威脅解除後的現在，只剩下對恐懼得過了頭的自己感到難為情，以及對少女單純的好奇心。

凸窗與道路之間的磚牆高度頂多一公尺，要闖進去很容易。我先把散發淡淡二氧化氯味道的包包丟進牆內，再自己爬牆進入其中。接著，我站在過去只從遠處觀望的那扇窗戶前。

她愣愣地望著我這一連串行動，我輕敲窗玻璃，她才像被雷打到似的挺直背脊，匆匆解鎖開窗。就這樣，我們第一次近距離凝視彼此。

那是個聽得見暮蟬叫聲的八月傍晚。

少女噙著眼淚微笑，發出介於「耶嘿嘿」與「嗯呵呵」中間的聲音。

雖然已經知道她不是幽靈，我還是忍不住問：

「妳不是幽靈吧？」

她眨了兩三下眼睛，輕聲噗哧一笑。左手放在胸口，像在確認心跳，然後歪了歪頭說：

「活著喔，至少目前還活著。」

那就是我與夏凪灯花的相遇。後來的十年之間，她動不動就拿這個少根筋的問題開我玩笑。但是，到最後我還是不知道那天她為什麼哭。

聽在七歲的我耳中，「氣喘」和「發作」都像遙遠異國的語言。即使如此，還是能從談話中大概摸索出少女罹患慢性病症，被父母禁止外出的事。

「因為不知道什麼時候會發作，我必須盡可能待在家裡。」

不知是已經很習慣說明自己的病狀，還是從父母及醫生口中聽過許多次，自然學會這套說詞。說起氣喘的事時，她的語氣莫名流暢，不像七歲小孩會用的詞彙紛紛脫口而出。

「因為不能給人家造成困擾。」

不管怎麼想，這句話都不像是她自己講出來的。大概是父母最優先教她的事。

「外出就會發作嗎？」我用剛學到的詞彙試著發問。

「偶爾啦。像是劇烈運動，吸到髒空氣或是心情緊張不安，好像都很容易引起發作。也不是在家就一定沒事。」她再度說了一些附帶引號的詞彙。「總之，在外面發作就會給人家造成困擾。」

我咀嚼著她的說明，接著又問：

「為什麼妳總是看著窗外？」

瞬間，她低下頭不說話了。咬著嘴唇，像在拚命忍住淚水。我似乎提起不該提的話題。

倉促之間，我向她提議。

「嗳、我們現在一起去哪裡吧。」

少女慢慢抬起頭。露出疑惑的模樣，像在問：「這個男生真的有好好聽懂我說的話嗎？」

「妳不用走路沒關係，我載妳。」

留下一句「等一下」，我急匆匆地趕回家。把包包丟進玄關，跨上腳踏車重返幽靈屋。少女依然以目送我離開時的姿勢等在那裡，看到我回來才放心笑出來。

我停下腳踏車，指著後座。

「妳坐後面。」

她顯得躊躇。「可是……擅自出門會被媽媽罵……」

「馬上回來就沒關係了啊。還是妳不想出去？」

她搖搖頭。

「我想出去。」

少女去玄關拿來鞋子穿上，從窗口咻地往外跳，顫顫巍巍著地。小心翼翼翻過矮牆，輕輕往腳踏車後座一坐，抓住我的肩膀。

「那就麻煩你了。」

我點點頭。這時，忽然想到還沒問她叫什麼名字。

「妳叫什麼？」

「灯花。」她說。「夏凪灯花。你呢？」

「天谷千尋。」

「千尋。」

她口齒不清地反覆說著我的名字。說來奇妙，那時我有種這輩子第一次聽到別人叫我名字的感覺。

在那之前，我非常討厭自己的名字。總覺得這個像女生的名字給人軟弱的感覺。可是當灯花喊出「千尋」的那一瞬間，我打從心底感謝自己的名字叫千尋。

千尋。很好聽嘛。

現在想想，只要是從她嘴裡喊出來，任何名字或許聽起來都很美妙。

「準備好了喔。」灯花在背後說。

我戰戰兢兢用力踩下踏板。載著兩人的腳踏車緩緩移動，灯花發出分不出是哀號還是歡呼的聲音，緊緊抓住我。

「還好嗎？」我沒有回頭，這麼問。

「沒事，只是怕太開心引起發作。」

我急忙抓緊煞車，她照例發出介於「耶嘿嘿」與「嗯呵呵」中間的笑聲。

「騙你的啦，完全沒問題。你可以再騎快一點喔。」

我有點生氣，故意蛇行騎車。她抓緊我的肩膀，發出幸福的笑聲。

✦

義憶雖是根據委託者的潛在願望製造，若直接將未經加工的單純願望組合起來，會使記憶與義憶之間產生不協調。而植入明顯背離現實的義憶，將不會固定下來成為記憶，大腦只會把那當成別人的記憶來處理。

因此，所謂義憶，採取的是比白日夢更實際一點的「最佳可能性」。真的發生了也不奇怪，可是絕對不會發生的事。本該發生的事。希望發生的事。

植入我大腦的義憶，幾乎都拿真正的過往記憶巧妙改寫過。比方說，七歲時我真的上過游泳課，這是事實。路過的屋子凸窗邊也真的有一雙眼睛看著我，不同的是，那不是與我同年紀的女生，而是一隻上了年紀的黑貓。

國中三年級的運動會上，我確實被選為大隊接力的最後一棒。但是現實中沒有為了消除我的壓力而鼓勵我的女生。接過棒子時我確實跑最後一名，只是現實中連一個人也沒追過，抵達終點時還是最後一名。沒有人安慰我。應該說班上同學打從一開始就沒期待過大隊接力的成績。我只不過是被推上戰犯的位子罷了……真要舉的話，這種例子多得舉不完。

眾多義憶情節，都以「如果夏凪灯花這個青梅竹馬實際存在」為前提，進行過精細的情境模擬。義憶中描繪的情節不會是隨便編出來的東西。謊言控制在最小範圍內，就連現實之中的我看來，自己在義憶裡的言行舉止都毫無違和感。如果真的被擺到那種情境下，我肯定會做出與義憶中的我相同反應。因此，我才自然而然接受了義憶的內容。那些事都是十分有可能發生的——只要身邊有夏凪灯花的話。

說起來，就像有另一個幸福的平行世界，義憶就是那個平行世界裡的我的記憶。也可以說，他是在相同條件下過著比我更充實人生的雙胞胎兄弟。這就是義憶如此真實——也如此殘酷的原因。如果打從一開始就知道無法獲得，人類很快就會放棄。可是，還差一步就能拿到的東西，卻會永遠放不了手。透過義憶，我深深體會到什麼叫幸福與不幸只隔層紗。會相遇，還是不會相遇。光是這個分歧點，就能把結局分別帶往天國與地獄。

和一般人一樣的平凡幸福，我明明早就放棄了。可是，當「只要這樣就……」以如此簡單明瞭的形式擺在眼前時，我才痛切體認自己連一丁點都沒有放棄。原以為早就順利放下的願望，其實只是蓋上蓋子，盡量不去看而已。

現在我知道了，我希望有誰對我付出無條件的愛，但比這更希望的，是成為誰生命裡的主角。

我之所以想刪除六歲到十五歲的記憶，就是為了逃離這種欠缺感。不讓「只要這樣就……」有一絲滲透的餘地，徹底接近零。將那些分歧點一個不留地銷毀。

一直沒有食慾，飢餓感卻又開始折磨我的胃。我捻熄香菸，走進廚房，用燒水壺燒水。等水開的時間無意義盯著瓦斯爐噴出的火焰。看到壺嘴噴出蒸氣才熄火，正想從流理台下櫥櫃拿出泡麵，蹲下一看，發現有個東西掉在地上。

那是一張小紙條。一開始我以為是購物收據，撿起來看，上面有手寫的一行字。是寫給我的紙條，不用想也知道留這張紙條的人是誰。

她一定是一邊哼歌一邊寫下這個的吧。因為我好像會遲歸，打算留下紙條回自己房間。可是，才剛寫完我就回來了，還把正在自誇料理的她推倒，搶回鑰匙（紙條應該就是這時掉到了地上），當著她的面把料理倒掉，還命令她馬上離開。所以這張紙條才會留了下來。

上面是這麼寫的：

希望千尋早點恢復活力。

我拿著這張紙條，站在原地動也不動。

不經意想像，留下紙條的不是「她」，而是「夏凪灯花」。

隨後，一股令人窒息的深沉悲哀襲來。

歡喜、憤怒、愛憐、空虛、罪惡感、失落感……所有情感一股腦縱橫來去。這些情感激烈扒抓、挖取、切剁我的心，再毫不遺漏地一一踐踏那些肉片。就這樣，破洞的心口只剩無法掩藏的悲哀。

服用完畢後想想，也太輕易了吧。

矮桌上放著兩個已經打開的藥包和玻璃杯。杯子是空的，我在裡面裝琴酒一口喝乾。找遍說明書，沒看到服用時不能喝酒的警示，我想應該沒問題吧。

原本擔心會有的後悔和原本期待會有的滿足都沒有出現。只湧出一種終於解決掉一樁麻煩事的小小安心感。

喝光琴酒，倒在榻榻米上，等待「忘川」巡遍腦中。雖然沒有克服對記憶闕漏的恐懼，現在立刻就想忘掉痛苦的心情稍佔上風。

漸漸地，睏意包圍了我，感覺像沉入榻榻米底下似的，我失去了意識。

聽見什麼堅硬的東西掉在地上的聲音。

從睡夢中醒來，思考了一下那聲音是在夢中聽見的，還是現實中發生的。

做出「應該是現實」的判斷。

那麼，聲音是從哪裡傳來的呢？

隔壁房間。

我豎起耳朵。風雨最大的時刻似乎已過，不過窗戶縫隙仍發出咻咻風聲。隔壁房間沒有任何聲響。我把耳朵貼在薄薄的牆板上，閉起眼睛專注於聽覺。聽見的果然還是只有風聲。

慢慢地，風聲聽起來像人的呼吸聲。我對那聲音有印象。是人類氣喘發作時的呼吸聲。灯花倒下時的哮喘聲……看來我還沒忘記夏凪灯花這個人。睡著之後又過了多久呢？「忘川」的效力早該發生才對啊。診所不可能又犯下把其他用途奈米機器人寄給我的差錯。難道是服用時不能搭配酒精嗎？

我試著在腦中排列關於夏凪灯花的事。長髮、白皙的肌膚、隨和的笑容、纖細的身材、第五次的接吻、螢之光、班級大隊接力、書房與唱片、凸窗的幽靈、鐵青的臉、呼吸時異樣收縮的胸腔、咻咻的哮喘聲、滾落地板的吸入器……

『醫生說啊，可能是氣壓改變的關係。』

白色沒有圖案的睡衣，領口露出的鎖骨，袖口伸出的纖細手臂。

『颱風不是快來了嗎？所以氣壓才會急速下降，因此引起發作。』

她會不會又氣喘發作倒下了？

受到低氣壓的影響，氣喘惡化了嗎？

會不會又像那時一樣動彈不得地趴在地上？

我的記憶與義憶依然混淆不清。這點我自己也發現了。夏凪灯花確實患有嚴重氣喘，但隔壁房間的女人不是夏凪灯花。說得正確一點，夏凪灯花根本不實際存在。跟桐本希美見過面後不是也確認過了嗎？畢業紀念冊裡沒有她的名字。

然而，無論提出多正確的論點都無法說服我的身體。心跳加速，幾乎激動得快要破裂。視野搖晃，指尖麻痺，全身肌肉抽搐。察覺自己一時忘了呼吸，急忙深吸一口氣。

我再也忍不住。打著赤腳奔出被雨淋濕的走廊，顫抖的手指按下隔壁電鈴。沒有反應，隔幾秒再按住不放。沒有反應。我從口袋裡拿出手機，撥了她的號碼。沒有反應。粗暴敲門，持續敲個不停。

沒有反應。

「灯花！」

回過神時，我已大聲吶喊出她的名字。

沒有回應。

雙手抵在門上，低著頭好一會兒。不知不覺間，全身都被風吹過來的雨水淋濕。終於風聲停了，我也重拾幾許冷靜。忽然為自己的行動感到羞恥。

沒有回應就表示她不在家。如此而已。聽起來像哮喘的聲音，只是吹過窗戶縫隙的風聲，聽起來像人倒下的聲音，只是屋裡的物品被風吹倒了吧。她可能忘了關窗戶就出門。

我發出自嘲的笑，從口袋裡拿出香菸與打火機。頹坐在雨水殘留的走廊地上，吸滿整個胸腔的煙。隔五秒才吐出來。靠著牆壁閉上眼睛。

為什麼「忘川」沒有發揮作用，這種事已經一點也不重要。現在，我只想看見灯花的臉。明知這麼做非常愚蠢，我還是想確定她平安無事，好讓自己放心。

眼皮底下，感覺得到陽光。

從屋簷接雨槽滴下的水聲消失在腳步聲中。

介於「耶嘿嘿」與「嗯呵呵」之間的笑聲近在耳邊。

不是幻聽也不是聽錯。

睜開眼睛，灯花蹲在面前窺看我。

我無法理解。

「你以為我消失了嗎？」

說著，她在我旁邊坐下。

「——還是以為我氣喘發作不能動？」

我連回嘴的力氣都沒有。

力氣全都用來掩飾自己的放心了。

「……妳什麼時候開始在那裡？」

「從千尋敲門的時候就一直在了。」

她逼近我，呼出的氣幾乎噴在我臉上，以這樣的極近距離說：

「你又叫我灯花了呢。」

「妳聽錯了吧。」

「是嗎？聽錯了嗎？」她故意睜圓眼睛。「那你本來說的是什麼？」

我無言以對，灯花發出竊笑。

「妳拿假藥調包了『忘川』是嗎？」

「嗯。」她絲毫不顯羞愧地承認了。「因為我不希望被忘記，也不希望你忘記啊。」

我錯愕得說不出話。

「再問你一件事可以嗎？」

「什麼？」

「剛才你為什麼急著捻熄香菸？」

我朝自己手邊投以一瞥，香菸前端不知道什麼時候已經歪七扭八地按熄了。

完全是下意識的行為。

她高興地瞇起眼睛。

「你還記得我討厭香菸啊？」

「……碰巧而已。」

牽強的藉口。

被她一提我才發現，在她面前自己連一次也沒抽過菸。

因為是女生，所以我特別注意了嗎？

不會吧。

無論怎麼否認，我的潛意識早就接受她是夏凪灯花了。

「不要緊，我已經治好了，也不討厭菸味了。」

灯花輕輕靠上我的肩膀。就像以前我們依偎在書房裡聽唱片時一樣。

接著，她在我耳邊悄聲說：

「放心，我不會忽然不見的。」

✦

那天晚上，我第一次吃了灯花親手做的菜。

只能說，很好吃。

雙手擱在桌上托腮，灯花抬眼看我，期待我對料理做出感言。我問她：

「為什麼要對我費心到這個地步？」

她給了不成答案的答案。

「因為想費心，所以就費心了啊。」

我嘆口氣。

「說得直接一點，以一個被詐欺的對象來說，我並不認為自己有那價值。」

「因為，已經這樣約定好了啊。」

唔……灯花嘟噥。

「約定？」

「對，約定。」

她點點頭，兀自露出無須回應的微笑。然後，用分不出是玩笑還是正經的語氣說：

「因為我打算把自己獻給千尋。」

我回溯義憶。對「約定」這個詞彙卻毫無印象。至今她所說的話都與義憶內容完美相符，這樣的誤差在我心中留下一個小疙瘩。

06　女主角

惡夢是親切的。我經常作惡夢，劇情大致上都差不多。

比方說，夢中的我有個重要的人。是個同齡的女孩。夢境就從我失去她的地方開始。

我四處尋找她的下落。明明剛才還在這裡的，明明還握著我的手，明明還在身旁笑著，只不過一下子沒注意，只不過把手放開一下子，她就像霧氣一樣消失了。

到底去了哪裡呢？

我問身旁的誰。你認識「」嗎？（引號裡的名字連我自己也沒聽清楚），她對我而言很重要。於是，有人回答了。我不認識什麼「」喔，你在說誰啊？你怎麼可能有什麼重要的人？還說什麼消失了，打從一開始那個女孩就不存在吧？

不可能。剛才她明明還在這。我這麼反駁。可是隨後，我發現自己連女孩的名字都想不起來。不只名字，她的臉長什麼樣，她用什麼樣的聲音說話，她是怎麼握我的手，沒有一件事想得起來。

我只感覺到自己現在正要失去很重要的什麼。漸漸地連這種感覺的輪廓也被奪走，從指縫間滑落。一瞬的空白之後，只留下喪失感，其他一切都消失了。

也有反過來的情形。場景可能是老家，可能是學校。身邊的人紛紛對我投以狐疑目光。每個人都在說，這傢伙是誰啊？他為什麼在這裡？我急忙想報上姓名，卻無法順利把話說出口。連自己的名字都想不起來。花了好長一段時間好不容易擠出了名字，卻連我自己都覺得那個名字像陌生人。他們也說，那是誰啊不認識。

這時有人在我耳邊低喃。「」，你不是實際存在的人喔。就像你母親用「天使」獲得的三個女兒，你也只不過是透過記憶變更技術在某人腦中製造出的義者。

我失去一切依據。失去立足之處，不知道要掉到哪裡去。

無論裝作多不在乎，母親把我連關於我的記憶一起拋棄，這樣的過往一定在我心中持續投下陰影。

從惡夢醒來時，現實會成為稍微好一點的地方。和那邊的世界比起來，這邊的世界至少還有救。惡夢讓我吃安全的苦頭，給了我「現實值得感恩」的錯覺（雖然只有幾分鐘）。以這個定義來說，惡夢是親切的。

真正可怕的是幸福的夢。它會把現實的價值連根奪走。夢中的景色有多鮮明繽紛，就會從現實中帶走同等分量的顏料。醒過來時，我才知道自己的人生是灰色。比原本更強烈地感受到自己有多缺乏幸福。夢中的幸福甚至不是錯覺，是與在這裡的我完全無緣的東西。

很偶爾的，我會在幸福的夢中知道那只是夢。這種時候，我就閉上眼睛塞住耳朵，祈禱自己盡快回到現實。明知只要我願意，我就能為所欲為，成為夢想中的國王，但我不這麼做。因為我痛切明白這邊的世界有多美好，回到那邊的世界時就會有多悲慘。

夢中消失的女孩不知何時來到我身邊。我正面盯著她看，她歪著頭說：「為什麼要做這種事？」「明明只要你願意，我什麼都可以給你。」無論我如何閉上眼睛塞住耳朵，還是能清楚感知她的形貌與聲音。在夢裡，就算閉上眼睛塞住耳朵，還是可以看見事物、聽見聲音。

我沒出聲地回答：「因為我是住在現實世界裡的人啊。」為了在那邊生存下去，我得盡可能給自己留多一點顏料。不能在這裡為了妳浪費掉太多色彩。

她哀傷地笑了。光是畫下（rendering）那個笑容，就已消耗掉大量顏料（resource）。從夢中醒來時，世界比睡著前褪去更多顏色。夢中那女孩的聲音附著在我的耳膜。「明明只要你願意，我什麼都可以給你。」

因此我害怕作幸福的夢。我害怕二十歲那年降臨的那個叫夏凪灯花的幸福的夢。於是我鑽進不信與卑微的殼，一心只想著保護自己。對方有什麼苦衷，我一點也沒能設想。

拜此之賜，我將一輩子後悔用那種方式度過那年夏天。為什麼不相信她說的話？為什麼不誠實面對自己的心情？為什麼不能對她好一點？

她每晚都在獨自哭泣。

伸出來拯救我的手，同時也在尋求拯救。

人們常說，過去的事再後悔也後悔不完。已經失去的東西感嘆也沒用。就忘了吧。人們這麼說。可是，我認為這是一種對過去的事及失去的東西缺乏禮貌的態度。就像在背後朝曾經對自己溫柔微笑的幸福預感丟沙。

✦

「妳的確做得很不錯。」

隔天早上，我對一臉理所當然跑進我家看電視的灯花說。

她用還帶著睡意的表情歪頭看我。

「你是指什麼？」

既然昨晚我已經醜態畢露，那樣拚命吶喊過她的名字，現在就沒必要繼續在她面前虛張聲勢了。所以我老實說。

「我的意思是，妳演技真的很好。成功體現了我的潛在願望。就算把我的義憶和『履歷表』掌握得再詳細，能演得這麼完美也算厲害的才能了。給人夏凪灯花這個女孩實際存在的錯覺。」

「是不是、很厲害吧。」

她高興地點了好幾次頭，然後輕描淡寫地說：

「因為我練習了很久嘛。」

竟然說出這麼驚人的話。

看起來也不像睡傻了說溜嘴。

「願意承認自己撒謊了嗎?」我問。

「不是啊,我說過很多次了,我就是千尋的兒時玩伴喔。只是……」她把手放在嘴邊,思考了一會兒,豎起食指說:「對了!你應該也知道北風與太陽的故事吧?」

這我當然知道。「那又怎樣?」

「想說,就乾脆當作我撒謊好了啊,這樣的話千尋也比較好做反應吧。也就是說呢,我撒了謊,千尋想知道這個謊言的意義,沒辦法只好陪我演下去。然後我明知謊言已被識破,還是為了達成自己的計畫,繼續演這齣被看破手腳的戲。乾脆想成這種關係,你就能放心待在我身邊了吧?」

「什麼跟什麼啊。」

「為了不坦率的千尋,我幫你找了個可以撒嬌的藉口呢。」

我嗤之以鼻。「妳是白痴嗎?」

她不是白痴。從結論來說,她採取的方針轉換策略非常正確。「我不是被她騙,是在識破她的謊言後為了拆穿她的真面目才陪她演戲而已。」得到這個藉口的我迅速被攻陷，輕易得可笑。

需要的只是一張免罪符。停止扮演純真無邪的青梅竹馬，乾脆直接扮演詐欺犯，夏凪灯花輕鬆突破我的心理防線。就像不斷說謊失去信用的放羊孩子，利用說謊者悖論讓村人相信狼真的來襲。

仔細想想，這跟我用來解除桐本希美警戒心的策略相同。為了讓懷疑自己說謊的對方放心，與其強調「我很誠實」，不如乾脆承認自己說了個無關緊要的小謊。就像便宜貨故意寫些可有可無的缺點讓消費者放心購買一樣。

「你看，我穿這樣很有青梅竹馬的感覺吧？」

穿著純白露肩連身裙的她拉著裙襬說。那姿態令我想起活在內心原初風景裡的向日葵少女。

「要籠絡像千尋這樣不成熟又防備心重的人，最好用這種純樸打扮和親人的言行舉止鬆懈你的心防。」

「說得太過分了吧。」

「可是千尋，事實上你喜歡這種打扮吧？」

「對啊，喜歡。」

我心不甘情不願承認。在如此熟知我內心世界的人面前逞強也沒用。

「可愛嗎？」

「可愛。」我自暴自棄地複誦。

「心動了嗎？」

「心動了。」機械化的複誦。

「可是你就是不能坦率一點？」

「是啊。」

也不用這樣硬撐吧，又沒關係。灯花露出挑釁的微笑。

她誤會了。我沒有硬撐。眼前的夏凪灯花的確很有魅力，但與此同時，我也從她身上看見七歲的夏凪灯花、九歲的夏凪灯花或十五歲的夏凪灯花。那一幕幕與二十歲的夏凪灯花並未完全同步，時而像發生訊號延遲般從她身體某些地方探出頭來。每次看到那個，我就覺得把她當作情慾的對象實在太不恰當，也有種搞錯方向的感覺。

對我來說倒也不全是壞事。夏凪灯花的謊言徒有形骸，反而讓我們的溝通更加順暢，就像省去繁瑣手續，可以直搗核心。

「我忘記了一部分的過去，看起來不像已經準備好的樣子，所以妳不能把真相告訴我。」我引用她半個月前說的話。「是這樣的設定沒錯吧。」

「是這樣的設定沒錯喔。」灯花簡潔肯定。

「那要怎麼做，才能『看起來像已經準備好』呢？」

「我想想喔……」

她做出苦思的樣子，不過那答案應該早就決定好了吧。在遇見我的那一刻就已經決定好了。

「讓我放心。」

她把左手放在胸前這麼說，動作看起來像在確認肺的狀況。會這麼形容，肯定也是受到義憶的影響。

「只要你能證明自己知道一切之後也不會自暴自棄，我就把你想知道的事全部告訴你。」

接著，她規定了證明的方式。

「所以，從今天起，千尋要按照我定的規矩生活。」

「規矩？」

「對，就是生活上的規則。」她換個說法。「千尋，大學暑假放到什麼時候？」

「九月二十左右吧。」

「好，只要到那天為止你都能遵守規矩，就算及格。」

她不知道從哪拿出筆記紙，拿簽名筆在上面寫下一條一條規矩。

首先，第一行是「如何度過暑假」。

我想起小學時，放暑假前學校都會發下這種講義。事實上，她所寫的項目大部分都類似那個，比方說「過規律的生活」、「注意攝取均衡飲食」、「走出戶外，適量運動」、「小心不要受傷或生病」、「幫忙做家事」等，完全就像小學發的講義內容。在這些悠哉的項目中，只有「不可喝酒」與「不可吸菸」這兩條大放異彩。

「一滴也不能喝嗎？」

「嗯，不能。」

「一口也不能吸嗎？」

「嗯，不能。」

「好難喔。」

「我會幫你看著喔。為了不讓千尋作弊。」

說著，灯花輕輕打個呵欠。才晚上十點，她已經換穿睡衣準備睡覺了。大概真的過著像小學生一樣健康的生活吧。

再打一次呵欠，她站起來說「差不多該睡了」。

「明天我會來叫你起床喔。晚安。」

手舉到肩膀附近揮一揮，她就回自己家了。

晚安啊。

回想起來，我父母是不說「早安」與「晚安」的人。也不說「我出門了」、「我回來了」、「路上小心」、「歡迎回家」或「我要開動了」。這些對我來說都是一種虛構。一般家庭裡日常生活中會與家人這麼互相寒暄的事實，少年時代的我一直無法順利理解。

我試著輕聲嘟噥，「晚安」。

心想，聽起來好溫柔的一句話。

就這樣，她和我的暑假開始了。

✦

接下來的好一段時間，我們持續這樣的生活。

6點00分

每天早上，灯花都來叫我起床。不是搖晃肩膀也不是拍手，她會蹲在我枕邊輕聲低喃「再不起來我要鬧你了喔」，完美重現義憶中的一幕。

第五天，因為我實在太睏，乾脆裝作沒聽見。她似乎沒有事先決定好「鬧你」的內容，猶豫了幾分鐘，才小心翼翼地鑽進我的棉被。我繼續裝睡，她自己又耐不住緊張，鑽出棉被嘆氣。不知道是出乎意料真的那麼清純，還是這也包括在演技中。我裝作剛醒來的樣子起身，她嘻皮笑臉地說「早安」。

7點00分

兩人一起吃灯花煮的早餐。她雖然擅長烹飪，早餐多半吃得很簡單。即使如此，不可思議的是我食慾依然很好。或許與每天都要運動的日課（後述）也有關吧。比較起來，早餐以日式料理居多，其中味噌湯最能看出她對料理的莫名堅持。她嚴格叮嚀「暫時不許吃泡麵」，反正我也不是特別喜歡吃那東西，當然乖乖聽從。

8點00分

趁我洗臉刷牙的空檔，灯花會把碗盤洗乾淨。接下來就沒什麼事好做了，我想再睡個回籠覺，灯花卻在一旁監視，看我露出想睡覺的樣子就拉我耳朵。不得已只好做點功課或看圖書館借來的書。上午時間大概都像這樣過，經常以為已經快中午了，結果一看還不到十點。時間或許被陽光曬得膨脹了也說不定，每次看時鐘都會為一天的漫長感到驚訝。

10點30分

打掃與洗衣的時間。房間保持得很乾淨，也沒有髒衣物待洗時，就一起用灯花帶來的唱盤聽音樂。唱盤和義憶裡的果然還是同一機型，唱片也都與義憶裡的一樣齊全。聽著古早時代的音樂，感覺身在靜謐草原正中央，不自覺打起盹來。這時就算睡著，灯花也不會叫醒我。應該說，她自己有時也會睡著。而且沒有一次不會靠在我肩膀上。透過呼吸的節奏，我實際體會著那裡有他人存在的感覺。

12點00分

兩個人一起吃灯花做的午餐。她做的菜總是分量特別多。問她為什麼做這麼多，她就會說「為了讓千尋吃胖啊」，然後自己笑起來。說這種話的她本人則只吃一半左右。飯後喝焙茶，又會有段時間很睏。附近公園裡孩子們玩耍的聲音，從敞開的窗外飄進來。

13點00分

排定打工的日子，我會在這時間出門。灯花回自己家。從這裡到我回家這段時間她在做什麼，我就不得而知了。或許在重新擬定詐欺計畫也說不定，也可能在幫陽台的牽牛花澆水，或者把「夏凪灯花」的外皮脫下來風乾，自己用扇子搧風納涼。不管她做什麼都沒什麼好奇怪。

不用打工的日子就運動。具體來說，是用腳踏車載著灯花，在鄉間道路奔馳。一路騎到隔壁鎮（她自己在腳踏車後座安裝了座墊，準備萬全）。這也重現了義憶的其中一幕。

她的「如何度過暑假」規矩裡寫的雖是「適量運動」，不管怎麼想都運動過量了。怕兩人共乘一輛腳踏車會被指責，我們選的都是人煙稀少的路徑，這些路徑多半崎嶇不平。遇到下坡路時，後座載著灯花也讓我無法加速，為了保持重心，往往得消耗過多體力。不只如此，每次重心不穩，灯花就會緊緊摟住我，害我心神不寧。汗濕的身體密貼的感覺屢屢擾亂我的心。也不知道她是否明白我的辛苦，每次摟住我時，灯花都會發出竊笑。

抵達折返點的公園時，腳都快失去知覺了。下車時幾乎無法正常走路。倒水壺裡的冰麥茶喝，在河邊長椅上休息二十分鐘左右。對岸有間老舊醫院，窗戶內側偶有人影閃過。大概是好奇醫院裡的情形吧，每次來這裡，灯花都會隔著防護柵欄朝醫院探身遠望。

休息結束後再次跨上腳踏車，專心踩踏板。回到公寓附近時太陽都快下山了。前方只有電線桿與電線在夕陽下變成黑影的單調景色一路綿延，彷彿整個世界的解析度降低了幾度。偶爾吹來的晚風令人心曠神怡。

18點30分

沖個澡洗去一身汗水，前往附近超市購買食材。不想單方面欠人情，在超市購物的錢都由我支付。灯花雖然有點遲疑，但也讓步說：「千尋想這麼做的話，那就這麼做吧。」一邊往我提著的購物籃裡丟食材，還一邊裝出天真無邪的笑容說：「這樣好像新婚夫妻喔。」

步出超市時實在太餓，除了晚餐什麼都無法思考。這對以前的我而言是難以想像的事。壽命將至的防盜燈神經質閃爍的田邊小路上，響起好幾種類的夏蟲叫聲。灯花心血來潮似的搶走我手上的購物袋，用自己的手臂勾住我空出來的手臂。她的手臂細得驚人，柔軟又冰涼。

曾有一次在這種狀況下偶遇江森。看到牽著我的手的灯花，他說不出話來，傻眼地盯著我看。接著，注意力再度回到灯花臉上。像察覺什麼似的張大雙眼，逼近灯花毫不客氣地打量她的臉。

灯花驚慌失措地問「請問，有什麼事嗎」，江森卻不回答。凝視灯花的視線彷彿要把她的臉看穿，之後發出一句「妳……好像在哪裡……」但話只說了一半，就改變主意似的閉上嘴了。恢復原本那個令人捉摸不定的江森，用力拍拍我的肩膀說：「好吧，好好幹啊。」說完就走了。這句話的意思是要我好好揭穿騙子的真面目，還是和女朋友好好相處，我並不確定。看我不知如何是好的樣子，灯花輕拍我的肩膀，在我耳邊輕聲說：「人家都這麼說了，要好好幹啊。」

19點30分

兩人一起吃灯花煮的晚餐。晚餐多半煮的是費事的菜色。因為她實在煮出太多適合配啤酒的菜了，抱著姑且一試的心情問可否偶爾喝點酒，就被餵了冰的甜酒釀。這倒也很美味。

21點00分

要是在以前，這是我精神最好的時段，如今卻已睏得受不了。一天結束前，灯花會進行講評。她在我房裡的牆壁貼了畫有星期幾、天氣及「今天發生了什麼事」欄位的日曆——格式完全仿造小學放暑假前發下的「一行日記簿」——每天都在日期欄蓋印章。這個印章表示我這天也遵守了她訂出的行事曆規範，就像參加廣播體操時會拿到的集點卡。

接著，她會在「今天發生了什麼事」這一欄裡寫下當天發生的事。例如「千尋曬黑了」或「千尋吃了兩碗飯」等平凡無奇的內容。小學生的一行日記可能還比這有看頭。

之後，她說完「晚安」就回自己家，我則簡單沖個澡後鑽進被窩，不到十分鐘就睡著了。過著簡直像十歲小孩的健全生活。但是二十歲的我們過這樣的生活反倒不健全。

說不開心是騙人的就是了。

✦

「一行日記」持續了二十天。

8月23日　陰天　千尋期待得坐立不安。
8月24日　陰天　千尋假裝自己沒有期待得坐立不安。
8月25日　晴天　千尋想喝酒被我罵。
8月26日　晴天　千尋吃了兩碗飯。
8月27日　雨天　千尋早上起不來，我鬧了他。
8月28日　陰天　騎腳踏車雙載被小孩子取笑了。

8月29日　晴天　超累的。

8月30日　陰天　今天是什麼都沒有的美好的一天。

8月31日　晴天　明明是千尋還敢這樣。

9月1日　晴天　千尋曬黑了。

9月2日　陰天　原來千尋也有朋友。

9月3日　晴天　千尋害臊了。被灯花陷害了。

9月4日　晴天　還差一點了。

9月5日　晴天　那位千尋竟然做菜了。

9月6日　晴天　煙火好美。

9月7日　晴天　千尋好下流。

9月8日　陰天　千尋跟我道歉。

9月9日　陰天　千尋對我很好。

9月10日　雨天　好幸福。

9月11日　晴天　灯花消失了。

✦

「嗳，要不要接吻看看。」

九月十日。氣象預報說傍晚可能會下雨，但祭典還是按照預定舉行。這是附近神社主辦的小規模祭典。

那天，我們放棄騎腳踏車出遠門，下午就在家裡懶洋洋度過。等太陽開始下山，才離開公寓前往神社。幸好雨似乎暫時還不會下。

灯花穿深藍色的浴衣。不用說也知道，和義憶中十五歲的她穿的那件一模一樣的煙花圖案浴衣。當然也戴了紅菊花髮飾。和那天不同的，是我穿了她準備好的縅織浴衣。長這麼大第一次穿浴衣在外面走動，整條路上我都鎮定不下來。

灯花繞到商店街的照相館買了即可拍相機，踩著木屐在我身邊繞來繞去，忙著從各種角度、距離拍我。為什麼不用手機裡的數位相機拍就好？我這麼問，她就給了莫名其妙的答案「要拍照存證」。一定沒什麼特別意思，只是她想這麼做就這麼做了吧。

對已經適應傍晚昏暗天色的眼睛來說，閃光燈很刺眼。

抵達祭典會場，先把所有路邊攤販逛了一遍。各自買好想吃的東西，找尋可以坐下來的地方。相對於祭典規模，來的人比想像中多，我們只好繞到大殿後方，跑到連接小學與神社的階梯中段坐下來。周圍的燈光只有階梯上方一盞防盜燈，當我們一坐下來，那光線就幾乎照不到我們了。

微光中看見的灯花側臉，美得像搞錯了什麼。我想一定真的有什麼搞錯了吧。她的長相確實高於平均值，但也不是那種走在路上會令人驚豔回頭的華麗美女。或許可說像一把沉眠於倉庫深處的手風琴，是一種毫無用途可言的美。這樣的她之所以能如此打動我的心，一定是義憶在我眼前設下好幾層濾鏡的緣故。

我不由自主想起，灯花肯定打從一開始就為了那個才選擇這個地方。當她接著開口時，我已經完全知道她要說什麼。

萬事俱備後，灯花說：

「嗳，要不要接吻看看。」

十五歲的灯花與二十歲的灯花重疊。

「好嘛，確認看看我是不是真的只是騙子啊。」像那時一樣，灯花以輕薄的語氣說。「搞不好消失的記憶會因此復甦喔。」

「要是這麼容易復甦，早就已經復甦了好嗎。」我也以輕薄的語氣回應。

「沒關係啦沒關係啦，不假裝被騙的話，事情不會有所進展喔。」

灯花朝我閉起眼睛。

這充其量只是演戲。是為了揭穿真相的必要支出。再說，接吻就接吻，有什麼大不了。我就這樣先為自己拉幾道防線，再卑微地與她嘴唇交疊。

唇瓣分開時，我們沒有裝作若無其事。

「如何？」這次她先問。「有什麼感覺嗎？」

「當然啊。」我只這麼回答。

「喔喔。」灯花雙手合十，眼神發光。「千尋，你變坦率了耶。」

「因為說謊也沒用吧。」

「我也很緊張喔。畢竟是睽違五年的接吻嘛。」

「設定上是這樣的嗎？」

「設定上是這樣的。十五歲和千尋分開後，我就一直一個人活著。」

「真是令人尊敬的兒時玩伴。」

「是不是？」

接著好長一段時間，我們只是默默吃攤販買來的食物。

站起來要去丟垃圾時，她忽然打破沉默。

「嗳、千尋。」

「幹嘛？」

「你放心，等這個夏天結束，我就會從你面前消失。」

突如其來的宣言。

還以為只是灯花特有的玩笑話。

然而，從她的表情和聲音我知道，她是認真的。

「我們只剩下這個夏天了。所以，在那之前，你願意陪我圓這個謊，我真的很高興。」

說著，她有些客氣地靠在我肩膀上。

「妳的目的到底是什麼？」

反正她一定會裝傻。我這麼想。

可是，她給了前所未有的誠懇答案。

「你總有一天會知道的喔。雖然是相當複雜的目的，但我想你一定能理解為什麼。」

雨比氣象預報說的遲了兩小時，是場大得說痛快也不為過的大雨。穿浴衣沒辦法用跑的回去，我們只好在半途中的候車亭躲雨。這情境簡直像誰預先設計好的，但她再厲害也沒辦法操控天氣吧。候車亭裡有別人丟在那裡的雨傘，但那只是上個月遭受颱風肆虐的雨傘殘骸。

九月的雨和八月的不同，帶有明確的惡意。逃入屋簷下之前就全身淋濕了的我們，體溫漸漸被冰冷的雨水奪走。

身材纖瘦的灯花抱住自己的身體忍耐寒意。我心裡的「天谷千尋」希望能緊緊擁抱她，給她溫暖。

然而，我咬牙打消了這樣的心情。如果現在聽從他的心聲，義憶中的我與現實中的我將相互交替，並且再也回不去了。我有這樣的預感。

因此，我這麼問：

「冷嗎？」

灯花看了我幾秒，又低下頭。

「嗯。不過，我覺得千尋會給我溫暖。」

那甜美的聲音引誘著我。

要不是雨水順便冷卻了我的腦袋，我應該抵抗不了那個聲音。

「……抱歉，我沒辦法豁出去到那個程度。」

於是她露出嘲弄的笑容。

漏雨的候車亭裡，只有那個笑容非常乾澀。

像搧動什麼似的，她說：

「為什麼？你怕自己認真了嗎？」

「對啊，我怕。」

沉默降臨。

我數著從天花板滴下的漏雨，數了十滴。

她淺淺吸一口氣。然後稍微露出一點面具下的真實面貌。

「明明只要乖乖被騙就好了啊。」

她這麼說。

「只要你願意，明明我什麼都可以給你。」

那聲音微微顫抖。

「你想要什麼，我全都知道。」

說得沒錯。我這麼想。

要是可以的話，我也想被她的謊言欺騙。想沉浸在義憶與她共同交織成的溫柔故事裡。是作夢或義憶或錯覺都沒關係，我想盲目地愛她，也想盲目地被她所愛。

想必她能給我想要的一切。

可是。

就因為這樣。

吞下差點脫口而出的話語，我將心情寄託在一句話上：

「我討厭謊言。」

直視著她，我這麼說。

她一點也不為所動。

那雙眼睛像看著我，又像什麼都沒看。

她一如往常地想做出天真無邪的笑容。

這時，她心中的什麼潰堤了。

沿著臉頰滑下的，應該不是雨水。

「我可是喜歡謊言的喔。」

說著，為了掩飾哭泣的臉，她背對著我。

雨又下了將近一個小時才停。這段時間，我們背靠著背分享僅有的一絲體溫。
這是我，現實中的天谷千尋所能做到的極限。
雨停之後，我們在沉默中回到公寓。回到各自的房間，等待各自的天亮。
隔天，她消失了。備鑰放在枕頭邊，大概是她趁我睡著時拿來還的吧。
她在九月十日的「一行日記」欄位，以她的方式留下告別的話。

9月10日　雨天　好幸福。

我在旁邊的日期下這麼寫：

9月11日　晴天　灯花消失了。

就這樣，她和我的短短暑假宣告結束。

✦

「直到現在，千尋還是我的英雄喔。」

搬家前一天，灯花這麼坦承。

已成空房的書房裡，我們照舊依偎在角落。

「是千尋把我從暗處帶出來的。」她接著說。「總是陪著沒有朋友的我，我發作時也救了我好幾次。要是沒有千尋，我或許早就絕望而死了。」

「太誇張了啦。」我笑著說。

「真的啦。」她也笑著說。

「所以啊，哪天千尋發生了什麼事，到時候就由我來當千尋的英雄。」

「女生應該叫英雌吧。」

「啊、對喔。」

她想了一下，輕輕微笑。

「那我就來當千尋的英雌。」

她這麼說，聽在我耳裡卻有點像另一個意思[1]。

[1] 日語中的英雌與女主角同為來自英文heroine的片假名ヒロイン。

07　祈求

大雨過後，夕陽開始散發暮夏的香氣。將死的蟬拍動遲鈍的翅膀，在地面團團轉圈，路旁的向日葵淋了雨，像野狗一樣低著頭，從此不再抬起來。

夏天即將結束。

從灯花獲得解脫的我，一個人喝琴酒，一個人抽菸，一個人吃飯，再一個人喝琴酒。花二十天建立起來的生活規律，只花一天就崩壞。什麼事都是這樣的，建立起來很困難，崩壞則驚人地容易。

即使如此，只有飲食生活比過去好一點。我每天傍晚去超市買食材，花時間烹調那些菜。並不是討厭吃泡麵了，只是做菜正好讓我可以不用閒得發慌。站在廚房集中注意力做菜的時候，可以不必思考多餘的事。

儘管沒有自炊經驗，從旁邊看灯花做菜那段時間下來，自然而然記住了步驟。我仰賴記憶，一一重現她做過的菜色。吃完飯洗好碗盤，繼續喝琴酒。連這些事都沒得做的話，就用她留下來的唱盤聽音樂。兩個人一起聽的時候嫌無趣的古老音樂，一個人聽時倒還不賴。現在的我聽簡單緩慢的音樂正適合。

第四天，江森聯絡了我。午睡醒來時，看見手機裡有他的留言。

我不假思索按下播放。

「我知道夏凪灯花的真面目了，等一下再聯絡你一次。」

手機放在枕邊，我再次閉上眼睛。

兩小時之後，電話打來了。

我睽違兩天沐浴更衣，前往兒童公園。

✦

「長的說明和短的說明，你要聽哪個？」

江森第一句話就這麼問。我只思考五秒就回答，請告訴我長的那個。雖然也很想先聽短的說明，盡快得知真相，但是不管怎樣，我在聽了短的之後一定會再問詳情。為了盡可能獲得更多作為判斷素材的情報，好做出與江森不同的判斷，以自己的方式得出結論。既然如此，一開始就聽長的說明比較好。

「這樣的話，要回溯到滿久以前喔。」說著，江森有點猶豫地頓了一下。「為什麼將當事者的你放在一旁，由身為第三者的我看破了夏凪灯花的真面目呢？要說明這件事的前因後果，必須先從我某一時期認真考慮購買義憶的事開始說明，但是，如果要說明我為何打算購買義憶，又得提及一些我的私事。因為不是太愉快的事，我也不太喜歡跟別人說，不過……」

他抓了抓後腦勺，嘆口氣。

「算了，把那些事跟天谷坦白或許也不是一件壞事。」

我點頭，催促他往下說。

「你先看這個。」

說著，他交給我的是一本髒兮兮的學生手冊。

「那是我中學時代的學生手冊。」江森說明。「翻過來看看。」

學生手冊背面有在學證明欄，上面貼著中學時的江森大頭照。

如果我在什麼都不知道的狀態下，光看這張照片，一定不會察覺那是江森。

那張照片和現在的他差異就是這麼大。

說得更簡單一點，他以前很醜。

「很慘吧？」江森說。與其說語氣中帶有自嘲，不如說根本是自暴自棄。「我的青春時代超悽慘的唷。同性和異性都沒把我看在眼中。學長姊欺負我，學弟妹瞧不起我。就連老師也沒把我當一回事。每天只能待在教室角落祈禱時間趕快過去。」

我比較照片裡的他與眼前的他。的確看得出一點相似的地方。但那相似的程度就像只是使用同一種原料做出的豆腐和納豆，只要有心想找，從兩個陌生人身上也能找出相似之處。

「我決定改變自己，是十八歲那年春天的事。四年前的三月九日。」他接著說。

「高中畢業典禮結束後，我一個人走回家時，前面正好走著一對情侶。那兩人穿著跟我一樣的制服，拿著一樣的畢業證書圓筒，一看就知道是同一所學校的畢業生。

仔細一看，女生是我同班同學。她是班上唯一每天跟我打招呼的女生。我暗中對那女生懷抱稱得上暗戀的淡淡情愫。因為知道自己配不上她，所以從來沒有採取任何行動，只是上課時和午休時，一有空就會偷看她的側臉。」

從我手上拿走學生手冊，江森將那放回口袋。我想他大概定期會拿出學生手冊來看，回憶往日的自己吧。像是某種臥薪嘗膽。

「我沒馬上認出情侶中的女生是她，大概因為和男朋友走在一起時的她，和在教室裡看到的她臉上表情完全不屬於同一種。我心想，原來如此，真正幸福的時候，她會笑成這樣啊。她是個漂亮的女生，就算有男友也不奇怪。我也從未期待她會屬於我，所以並沒有產生嫉妒的情緒。原本我對自己的評價就低得不能再低，事到如今也不會再更慘了。只是心想『她看起來好幸福』而已。」

如果是你，應該能體會這種心情吧。他朝我投以一瞥，眼神像在這麼說。

當然能體會啊。我也用眼神回應。

「可是，不知為何——在準備迎接新生活的期間，我好幾次回想起那一幕，內心深深受到擾亂。打包行李時，往返垃圾場與家中時，採買生活用品時，畢業典禮結束那天回家路上看到的那一幕都會在我腦中反覆出現。做好搬家準備後，我在空曠的房間裡躺成大字形，不斷思考自己想要做什麼。於是那天晚上，我下定了決心。我要從頭來過。」

他停了幾秒，等待我逐漸理解這句話的意思。

「幸好，考上的大學沒有一個認識我的人。我提早搬家，展開獨居生活。為了重獲新生，我盡可能嘗試了所有想到的事。大學開學後，最初的一段時間幾乎沒去上課，奮發圖強進行嚴格又痛苦的肉體改造。每晚鑽研受歡迎的外表是什麼樣的，在與大學無關的地方日復一日實踐。也在不動刀的範圍內調整了五官。等累積某種程度自信後，我終於開始正常上課。很快地，我交到許多朋友，也有了女朋友。即使如此，我還是不斷努力改善自己。或者應該說，每次看到努力化為明確的成果，反而點燃我追求更高境界的野心。我像被什麼附身似的，熱心投入美容健身。隔年，就算我不開口，也會有女生主動約我了。」

說到這裡，他朝我露出微笑，像在試射什麼武器。那是讓懷抱夢想進入大學的女生瞬間墜入情網的笑容。

「世界好像圍繞著我打轉。接下來的日子，我致力於重拾失去的青春。彷彿對當年的自己，以及當年不把我放在眼裡的人報復，我跟一個又一個年輕美麗的女孩子上床，就像是為了保持自身美貌，用年輕女人的血沐浴的中世紀貴族。我以為這麼一來內心的自己就能獲得救贖。我以為能拯救當年只能默默坐在教室角落眼看同學享受青春的自己。」

說到這裡，江森終於喝了一口啤酒。啤酒大概不冰了，只見他皺起眉頭打量罐子上的標籤，然後倒掉裡面的酒，用空鑵當菸灰缸抽起菸來。我也跟著點燃一支菸。

「大四那年夏天，我忽然清醒，並且領悟了。不管怎麼掙扎，失去的青春都不可能重拾。到最後，該在十五歲體驗的事，就只有十五歲那年能體驗。如果在那個年紀沒能體驗，之後擁有再豐富的經驗，也永遠拯救不了十五歲的我的靈魂。我終於發現這理所當然的事，感覺一切變得空虛，不再周旋於女人之間。我把女性友人的聯絡方式一個不留地刪除。這是認識天谷不久前的事。當時的我大概想尋求一個與自己懷抱同樣虛無感的夥伴吧。」

被他這麼一說我才想起來，打從江森和我走得近之後，就沒再看過那些幾乎每天去他家的女生了。

作夢也沒想到兩件事之間存在這樣的因果關係。

「得知『Green．Green』的存在，正好是那年夏末，差不多跟現在同一時期。」他終於吐出那個詞彙，漸漸進入正題了。「那東西正適合我這種青春喪屍。為服用者提供美妙的青春時代記憶，治療青春期自卑感的特效藥。我立刻看上了那個，打算立刻服用，甚至差點就要預約諮詢。心想，這麼一來就能拯救十二歲的我或十五歲的我了。可是，還差臨門一腳時，我取消了預約。」

這時我第一次插話：「為什麼？」

他扭曲著嘴角苦笑。

「自己腦中最美好的記憶竟然出於他人之手，這豈不是太空虛了嗎？」

我點點頭。

現在總算完全理解，為什麼這個人和我感情這麼好。

「我雖然放棄購買『Green・Green』，對義憶的興趣依然未減。尤其是我在調查關於義憶的各種事時，深深受到義憶技師這份職業吸引。一直以來，我花了一般人難以比擬的時間精力去面對自己的記憶。對過去無數次發出『要是能～就好』的感嘆，像我這樣的人很適合當義憶技師。我盡可能蒐集了與這一行相關的資訊。應該是在蒐集資訊的過程中得知她存在的吧。花了一點時間才想起將近一年前瀏覽過的那篇文章，原來半個月前看到天谷身邊那個女孩時總覺得似曾相識的原因就在這裡。」

江森向我出示手機裡的新聞網站，那篇日期為三年前的文章開頭是這麼寫的：

十七歲的天才義憶技師

「前提終於說完，現在開始說結論。」江森說。「夏凪灯花是一名義憶技師，天谷腦中關於夏凪灯花的義憶，大概是她親手做出來的東西吧。」

他把畫面往下滑，放大網站上刊出的照片。那張熟悉的臉瞬間映入眼簾。

睽違四天不見的，夏凪灯花的笑容。

回到公寓，我反覆讀了那篇文章好幾次。之後，上網蒐集關於她的情報。

夏凪灯花不是她的本名，但假名與真名也沒有太大不同。就是把姓氏裡的子音換掉一個而已。大概認為對我只要做到這種程度的偽裝就夠了。或者，這也是為了不小心說出真名時方便打馬虎眼的保險措施。

當時，她是史上最年輕的義憶技師。年僅十六歲就被錄取為某大型診所的義憶技師，一邊上高中一邊製造義憶。

三年內，她製造的義憶就超過五十個。就算不看年紀，這樣的效率也已經堪稱異常。除了數量多，品質更是優秀。不用說，她立刻成為義憶技師界的新星，備受矚目。然而，二十歲生日前夕，她向職場提出辭呈，從此銷聲匿跡。這件事在相關業界還成了不小的新聞。等著委託她工作的人難掩失望，因為她描繪出的義憶和其他技師描繪出的義憶有某種決定性的不同，除了她之外無人能模仿。

她本人將那無可取代的什麼稱為「祈求」。

新聞網站刊登出的簡短專訪中，灯花回答記者問題時，基本上非常小心注意著遣詞用字。記者用盡方法想從年僅十七歲的天才義憶技師身上套出孩子氣的反應或充滿野心的發言，然而記者愈進逼，她愈縮回自己的殼裡，只給出謙遜又不失體面的無聊答案。

只有回答最後兩個問題時，她明確表達了自己的想法。一個問題是：「人家常說妳製造的義憶與其他義憶技師製造的有決定性不同，具體來說，那個不同是『什麼』呢？」

對於這個問題，灯花的回答如下：

——應該是「祈求」吧。

記者緊跟著追問「祈求」指的是什麼，灯花簡潔扼要地說：「簡單來說，就是迫切需要的程度。」

不過真要說的話，應該沒有辦法用其他說詞代替「祈求」吧。

我隱約這麼認為。

記者接著問，身為義憶技師，妳的最終目標是什麼。灯花的回答如下：

——希望自己能製造出令持有者人生失控混亂的強烈義憶。

難道我就是那個實驗品嗎？

透過義憶使我的人生失控混亂，這就是她的目的嗎？

那個笑容，那個淚水，那一切都只是為了擾亂我心的演技罷了？

我該生氣。該對她為了一己之私利用我的事憤怒。如果是一個月前的我一定會那麼做。

可是現在的我做不到了。事到如今，就算得知真相也已經太遲。即使我想對她抱持負面情感，這個暑假的種種記憶一定會跑出來搗亂。不但無法憎恨，反覆看著十七歲時的灯花照片，每一次心中都只會充滿愛意。

不可思議的是，十七歲的灯花比我認識的二十歲的灯花年紀看上去還要大。照片中的她眼露疲色，身上的高中制服看起來甚至不太相稱。真要穿的話，現在的灯花還比較適合。

應該說，重新想想，二十歲的她太年輕了。照片裡的她要說是二十歲也說得通，現在的她要說十七歲也說得通。

這樣的顛倒意味什麼？拍照時太緊張導致不上相嗎？辭掉工作後，從壓力中獲得解放，外表也回春了嗎？還是為了欺騙我，盡可能打扮得接近義憶中的模樣。對著鏡頭笑得不知所措的十七歲灯花，也可說是貼近未來的她。

空轉的思考停不下來。失眠的夜晚，唯一能仰賴的還是只有酒精。我將遺忘之水注入杯中，進入瀰漫頹廢空氣的琴酒巷弄，迷失了方向。

我的父親也是愛喝酒的人。這世界上有為了享受現實而喝醉的人，也有為了遺忘現實而喝醉的人，父親毫無疑問屬於後者。就算他沒有成為義憶成癮者，大概也只會成為麻煩的酒精中毒者。懷抱誰都無法稱讚的纖細情感，總是難以呼吸。

我為自己人生唯一設下的目標，就是不要成為父親那樣的人。然而，只有表現出來的樣子不同，根本上我或許還是成為與父親相似的人了。一直不去看對自己不利的事，事態只會愈來愈惡化，而我們只能過著連這也無法直視的人生。

盯著牆上的「一行日記」出神時，我發現視線無法順利聚焦。閉起眼睛，感覺像在行駛於波濤洶湧海面的船上。踩著踉蹌的腳步到廁所，吐出胃裡所有東西。一個月沒喝酒喝到吐了。那天，我打算服用「忘川」卻沒能服下，又認錯了人，自暴自棄酗酒，到最後還被居酒屋趕出去，用走的回家，然後遇見了她。

夏凪灯花。

我想不通的只有一點。最後那天，關於扮演青梅竹馬這件事的理由，她是這麼對我說的：

『你總有一天會知道的喔。雖然是相當複雜的目的，但我想你一定能理解為什麼。』

然而，她所謂「令持有者人生失控混亂」稱得上「複雜的目的」嗎？她又說『你一定能理解』，是否表示一般人無法理解那個目的？

總覺得我一定遺漏了什麼致命的細節。

如果她只是想要令我的人生失控混亂，應該還有更多別的做法。假設「Green・Green」的內容不變，只要一個「令人聯想起義憶中青梅竹馬的女孩」出現在我面前，設計一些彷彿命中注定的橋段，我一定絲毫不會起疑心，輕易就被攻陷。我更不認為她會缺乏這點程度的想像力。

然而，她卻以「義憶中青梅竹馬本人」的身分出現在我面前。故意選擇成功機率低的方法是為什麼。因為她對自己製造的義憶影響力就是這麼有自信嗎？

絕對不只是這樣而已。無論如何她都必須是我最愛的青梅竹馬本人才行。在得知這麼做的原因之前，我怎麼也無法稱得上理解她真正的想法。

思考更加陷入空轉。

✦

天空不知何時開始發白。最後，就算借助酒精的力量我也完全無法入睡，喝了超出接受範圍的酒，身體倦怠不已。視線模糊，腦袋沉重，喉嚨痛，肚子也餓了。

爬出被窩，妨礙睡眠的或許是飢餓感。但是，為我做早餐的青梅竹馬已消失。查看冰箱，剩下的只有幾片高麗菜和柳橙汁。把柳橙汁喝到一滴不剩，肚子反而更餓。我放棄睡覺，直接穿著睡衣套上涼鞋，走出家門。

就在打開門那一瞬間，視野角度有什麼動了動。我反手關上門，反射性地朝那個方向轉頭。

是個女孩子。年紀大概介於十七到二十歲之間。穿得像是去遠方參加完誰的葬禮，剛搭清晨第一班電車回來。清晨微光下，她的手腳白皙得近乎透明。一頭柔軟的黑長髮被穿過走廊的風吹得鼓起來。

然後，時間停止了。

她保持開門的姿勢，我保持反手關門的姿勢，空間像被看不見的釘子固定住。宛如頓失名為言語的概念，好長一段時間，我們只是無言注視著彼此。

最先恢復動作的，是我的嘴唇。

「……灯花？」

我叫了女孩的名字。

「……請問您是哪位？」

女孩忘了我的名字。

第七首曲子漸漸淡去後，昏暗的書房恢復沉默。

「播完了？」我小聲問。

「一半喔。」灯花小聲回答。

她站起來，輕輕抬起唱盤上的唱臂，拿開唱針。雙手慎重地捧起停止迴轉的唱片，翻面後，再度放下唱針。很快地，短暫休息過後的唱盤重啟演奏。她就像幫原本翻身不得動彈的烏龜翻回正面一樣。

灯花回到固定位置坐下，在我耳邊悄悄話似地低噥：

「唱片啊，A面播完後，得幫它翻到B面才行喔。」

✦

故事從這裡開始轉移到B面。

08　反覆

我有個連一次都沒見過面的青梅竹馬。我沒看過他的長相，沒聽過他的聲音，也沒碰過他的身體。儘管如此，我卻感覺他近在身邊，對他愛憐不已。他拯救了我。

他不實際存在。說得更正確一點，他只存在我的幻想中。睡不著的長夜裡，因缺氧而恍惚的大腦製造出的，符合我需要的幻影。然而，幻影漸漸在我心中出現明確的形體，最後成為我無可取代的朋友。

他沒有名字。因為要是取了名字，反而會更突顯他不存在的事實。我只用「他」稱呼他，他是我唯一的青梅竹馬，唯一理解我的人，也是我的救世主（英雄）。

有「他」在的虛構世界中，我是幸福的人。

沒有「他」的現實世界裡，我一點也不幸福。

小時候，世界對我而言是難以呼吸的地方。這不是比喻，精神上雖然也感到無法喘息，但在這之前，肉體本就難以呼吸。一如字面所示，我無法順利呼吸。精神上比喻為胸痛的地方，在使用比喻之前，我的胸口名符其實痛得快裂開。

難以喘息，無法呼吸，苟延殘喘……這些都是眾人若無其事使用的慣用句，然而實際上，有多少人真的有過呼吸幾乎停止的經驗？大家都下意識地在呼吸。連睡夢中都能自在呼吸。只要普通過生活，根本沒有機會體驗什麼是窒息。

當時我對呼吸這件事很嚴肅。一天中的大部分時間，我都在思考關於呼吸的事中度過。就像老練的攝影師研判空間中有多少光量那樣，我研判著空氣中的氧氣濃度。

沒有人注意到的空氣，我卻能像捂在手中一樣感受。夜深人靜時，我把全副精神集中在呼吸上，夜晚的帷幕彷彿伸出許多細細的呼吸管，我從那裡拚命吸取空氣。

現代科學已經發展到能用極小機械將虛構的過去植入人們腦中，在一般人認知裡，氣喘當然也不是什麼嚴重到令人絕望的疾病了。事實上，除非病狀惡化到一定程度，否則只要秉持正確知識應對，氣喘病患幾乎能過著和健康常人無異的生活。

問題是，我的父母根本沒有上述「正確知識」。他們只把我的氣喘解釋為「有時會咳到停不下來的病」。對連花粉症都沒得過的他們兩人來說，永遠無法理解呼吸道阻塞與呼吸受到限制的感覺。

不，本質上的問題或許不在那裡。他們缺乏的不是病歷也不是知識或對孩子的愛，而是最基本的想像力。我的父母從根本上誤解了理解這件事。即使對象能接近自己的世界，卻無法讓自己的世界接近對象，他們就是這樣的人，並且在那狹隘的框架內自己做出扭曲的結論。

更糟糕的是，整體來說，他們對科技抱持毫無根據的不信任。不管哪個時代都有這樣的人。腦中迴路太單純到會去過度高估「自然」兩字的價值。他們認真相信主張「帶孩子去醫院反而會染病」這種坊間可笑說法的書。他們相信服藥有損健康，醫療縮短壽命。他們認定所有疾病都是醫生為了賺錢做出的巧妙自導自演。這大概已經是一種病了吧。

對他們來說，只有最初就存在那裡的東西才是善，其他的一切都是惡。受他們這個信條擺弄，不斷消耗磨損的我內心必然產生與他們完全相反的信條。換句話說，我憎恨最初就存在的東西，熱愛不存在那裡的東西。

在這樣的前因後果下，「他」誕生了。

回想起來，那是個漫長黑夜。

當時我畏懼夜晚。現在也還畏懼，但原因跟當時不一樣。若問我哪個比較好，我只能說兩個都糟糕透頂。痛苦就是痛苦，沒有比較好的痛苦。然而，若說痛苦的分量是否相同，對一個心靈脆弱的孩子來說，精神上的絕望還是比較可怕。

一天結束之後，差不多上床時，我的呼吸就開始紊亂。最先出現的是輕微咳嗽，這是痛苦來敲門的聲音。到了這個時候，怎麼試圖睡著都沒有用。咳嗽的症狀逐漸惡化，於凌晨兩點來到高峰，並將持續一整晚。簡直就像我的身體自己不讓我睡覺一樣。

仰躺難以呼吸，我只能蜷縮身體抱著毛毯坐在床上。隨著時間經過，這姿勢會愈來愈向前傾，最後變成趴著。要是旁邊有人，或許會以為我在祈求原諒。又或者，祈求自己退化回不知痛苦為何物的胎兒。怎樣都好。反正這姿勢是最輕鬆的。

最明顯的症狀是咳嗽，但咳嗽並非痛苦的本質。真正折磨我的是呼吸困難。只不過是吸氣再吐氣，每個人天生就會下意識進行的基本動作，對夜晚的我來說卻是艱難任務。不妨把自己的喉嚨想像成游泳圈的空氣栓，或是把肺部想像成塑膠做成的也行。既無法順利吸氣，也無法順利吐氣。

說得直接一點，不能呼吸的感覺直通死亡。你會懷疑自己的喉嚨是否即將完全堵塞。就像吸進塑膠袋的吸塵器無法順利發揮作用那樣。這時，我連呻吟聲也發不出來。只能拚命製造聲響當作求救，但誰也不會發現。我害怕、恐懼、顫慄，擔心那些發不出聲的哀號與詛咒就要這樣塞住我的喉嚨致死。這麼一想，又會害怕地哭出眼淚。

我的房間位於離父母臥室稍遠的位置，我就睡在這個房間裡。四歲前與父母睡在同一個房間，滿五歲不久後，我的床就被搬到這個房間來了。「這邊離廁所近，對妳也比較好吧。」母親大言不慚地辯解，但這不管怎麼想都只是一種隔離措施。大概已經忍受不了整晚咳嗽的我了吧，也不是不能理解他們的心情。

雖然父母說有事隨時可以叫他們，發作的當下，我不可能發出夠大的聲音，叫起睡在走廊對角線上那間臥室裡的父母。對我來說，這個隔離措施等同宣判死刑。再說，就算我拚了命爬到父母臥室，他們也不會為我做什麼。不管經過多久，我仍無法習慣自己的發作，父母卻不知從何時起已對我的發作司空見慣。除非特別嚴重，當他們知道即使放著我不管，到早上自然就會好了之後，無論我再怎麼哭訴痛苦，他們也只當耳邊風。

七歲前，嚴重發作時父母還會帶我去夜間急診。聽到大門外傳來汽車引擎發動的聲音，知道自己能去醫院後，我的不安往往急速退去。醫院的味道、點滴、呼吸器等事物浮現心頭，光是這樣我就能安心下來（我最喜歡醫院了）。或許因為這份安心感，抵達醫院的三十分鐘車程裡，症狀經常就平息了。這種事重複個幾次後，父母開始懷疑我裝病。他們認為，這孩子只是為了博取父母關心，才會故意咳得那麼誇張。

光是接近醫院症狀就會減緩，這樣的病患其實很多，但那時的我還沒有這方面知識，也還不具備有條有理說明自己病情的客觀性。父母對我的懷疑一天比一天強烈，看到激烈咳嗽的我時，父親會冷淡地說「妳咳得太誇張了」，母親會狐疑地問：「真的有那麼痛苦嗎？」後來，他們看到我發作時更是乾脆視若無睹。

有一次真的沒辦法，我只好自己叫了救護車。事情過後好一段時間，父母都不跟我說話。隔了一星期，終於跟我說話了，一開口說的卻是「都是妳害我們丟臉」、「妳以為家裡有多餘的錢嗎？」年幼的我心想，要是我死了，這兩個人應該比較高興吧。從那時起，我便喪失了對他人報以期待的能力。

總之，夜晚只能等待時間趕快過去。我不時從巢穴裡探頭出來，看放在床頭櫃的時鐘夜光針，祈禱天快點亮。痛苦愈大，時間過得愈緩慢，好幾次我都快熬不下去，衝動得想搗破時鐘的玻璃面，直接抓住時針轉動。我喜歡夏天，只因為夜晚比較短這個理由。

天亮前呼吸會輕鬆點，也終於能夠入睡。我在短暫的酣眠中幻想「他」。然而，過兩小時又得起床上學了。這個病最困擾我的是咳嗽以外的時間看起來都很健康。就算跟父母說身體倦怠想請假，他們當然完全不理會我。沒有溫度計上的數字或皮膚起疹子等肉眼可見的證據，他們是不會相信我的。

拜此之賜，我總處於睡眠不足狀態，白天通常精神恍惚，頭隱隱作痛，視線模糊，所有聲音聽在我耳中都像隔著一層牆壁。活在這樣籠罩一層淡淡霧靄的世界裡，只有痛苦與幻想是真實的。

隨著年齡增長，我的症狀逐漸減輕，心理因素誘發氣喘的比重增加。雖然身體比從前不容易受到外在環境影響，心理卻更不安，對壓力也更敏感。總是擔心這件事可能引起發作，待在這個地方可能引起發作，像這樣，擔心發作的念頭反而成為導致發作的主因。

如果當時身邊有個精神支柱，我的氣喘應該能更早獲得痊癒（當然，沒有比去醫療機構接受妥善治療更好的方式）。這個人會幫我，這個人能懂我，這個人會保護我……要是身邊有能讓我這麼想的人，至少能減少許多心理不安導致的氣喘發作。

我沒有朋友。因為六歲那年冬天到隔年春天腹膜炎住院，比同齡小孩晚了一段時間才上學。另外一個原因是爸媽老對我說「不能給人家造成困擾」，禁止我外出。我無法運動，不能和周遭的小朋友一起玩，遠足和運動會幾乎缺席，這些都是我沒有朋友的原因。

不過，最大的原因還是出在我的個性。生病使我成為卑微又動不動自我懲罰的人。我是個身體無法過正常生活的缺陷品，只要有我這個人在，就會給身邊的人添很多麻煩。內心一直存在這樣的想法。這雖然是現實，但出生不滿十年的小孩還沒有義務面對這種現實。小孩不用在意這些事，只要厚著臉皮生活就好。

可是，離我最近的兩個人卻建議我用這種卑微的態度活著。雖然沒有說出口，他們的意思就是「妳會給大家添麻煩，至少要活得低聲下氣才行」。我被教育為詛咒自己的人，並且隨時不忘執行這件事。這樣的人交得到朋友才怪。

學校生活沒有任何美好回憶。尤其是在就讀地方上的公立小學時，我活得很慘澹。當時的我習慣駝背走路。因為走的距離拉長時，為了保持呼吸順暢，自然就會採取這個姿勢。然而，這個毛病經常被同班同學拿來嘲笑。看到那些模仿我走路方式嘻笑的男生，我警告自己絕對不能在這些人面前嚴重發作。發作時的樣子，對他們來說一定是拿來嘲笑我的最佳題材。不只如此，這件事還會被取笑多年。我絕對不能在他們面前示弱。我愈是這樣繃緊神經，教室裡的空氣就愈稀薄。

也有少數知道我體弱多病，關心我、願意讓我加入小圈圈的人。這樣的人一開始會把我的病當成自己的病一樣，願意配合我的狀況，但是一定期間過後，對方慢慢對我神經質的言行舉止感到不耐煩，光是和我在一起，行動就會受到諸多限制，厭倦之餘終於離我而去。更嚴重的是有些人還因此憎恨我。到最後，我依舊孤單一人。

總而言之，我小心注意著不讓情緒激動，一察覺發作徵兆，就算丟下一切也要去保健室。我徹底執行這兩點，勉強防止了在同學面前暴露發作時的醜態。實際上，這樣的努力也讓我撐了好一段時間。可是，小學四年級那年冬天，終於在教室裡嚴重發作了。

事情的開端是這樣的，看到我像護身符一樣隨身攜帶的呼吸器，有個男生說了某些嘲諷的話。其實本來可以裝作沒聽見，可是他實在講得太難聽，我忍不住回嘴。沒料到我會反擊的男生先是困惑，接著生氣，為了向自己也向別人展現他的憤怒，他搶走我的呼吸器，從教室窗戶往外丟。

我頓時陷入恐慌。為了拿回呼吸器往外跑。隨後，前所未有的嚴重發作就這樣降臨了。

那天的事，至今我還經常夢見。

班上同學的反應大致如我預料，看到氣喘發作的我，沒有人同情也沒有人保護我，只把我當成滑稽又噁心的東西。從此，我幾乎沒再回到教室。小學生涯剩下的兩年多，幾乎都在保健室床上度過。

事實上保健室也沒有我容身之處。淘汰者之間也有分階級與小團體，保健室裡有保健室裡的社會，我無法融入那裡，被當成討厭鬼。混保健室的學生也分成能討保健室老師歡心的跟不能的，我當然是後者。

即使如此，就算稱不上安全堡壘，和教室比起來保健室仍算天國。我在那裡一個人看書，或像要補回長年不足的睡眠般沉沉昏睡。五年級的課外教學和六年級的課外旅行我都在保健室睡覺，並不特別感到遺憾。

不知是否託某種程度確保睡眠時間的福，還是不用顧忌班上同學眼光從壓力中獲得解放的關係，原本身高在學年裡倒數一、二名矮小的我，這兩年成長到還差一點就構上平均值的程度。我學到很多關於氣喘的知識，上國中後總算過得和一般人差不多，但是那時孤獨已經滲入骨髓，我也不會想和誰交朋友了。

說來莫名其妙，我認為要是現在交了朋友，似乎對小學時代的我過意不去。現在的我否定孤獨，就等於否定過去的我自己。於是我把那痛苦的六年視為純粹的消磨。她在那些黑暗日子裡想出的孤獨發明，我決定繼承下來。絕對不會讓妳所受的痛苦白費，那些過去現在也還活在我心中喔，我這樣激勵她。

我度過了孤獨的中學生活與孤獨的高中生活，至今仍不知那樣的選擇是否正確。但是，假設把過去當作不曾發生過，過著和普通人一樣的國、高中生活，最後一定還是會因為太勉強而在哪裡出現問題吧。到時候我可能會落得比現在更孤獨。

關於校園生活的回憶大概就是這樣。假日我通常老老實實待在家。一方面是父母要求我如非必要不可外出，另一方面是我本來就不太想出門，也沒有特別想見的人。提不起勁讀書，反正只要在課堂上好好聽課就能保持學年前段的成績。再說，不管我怎麼用功勤學，我都不認為父母會答應讓我上大學。所以不是看圖書館借回來的書，就是用父親不要的唱盤聽音樂。

不想看書也不想聽音樂時，我就站在凸窗邊眺望往來人車。我家位於台地上，窗外能看見各種景物。春天是整排的櫻花樹，夏天是向日葵花田，秋天有紅葉可賞，冬天是一片雪景。一邊看著這些百看不厭的景色，一邊在腦中想像那從未謀面的青梅竹馬。

說真的，我需要家人，需要朋友，也需要戀人。

我幻想著有那麼一個兼備這一切的存在。必然的，那會是一個「青梅竹馬」。像家人一樣溫暖，像朋友一樣開心，像戀人一樣可愛，從頭到腳符合我的喜好，說起來就是我的極致完美男孩。

如果那時身邊有「他」會怎麼樣？我把這假設套入細節做了嚴密的情境模擬。我一一取出過去的記憶，把「他」嵌入其中，一個一個拯救在回憶之中哭泣的我。

那個時候，如果遇見過「他」。

那個時候，如果「他」幫過我。

那個時候，如果「他」給過我一個緊緊的擁抱。

現在的我會過著什麼樣的人生呢？

這樣的幻想，對我而言是唯一的避難所。

✦

人生的轉機在十六歲時來臨。

沒有學歷也沒有職歷的人想成為義憶技師，目前只有一個方法。報名大型診所定期舉辦的公開招募，按照診所寄來的「履歷表」製造義憶繳回，內容獲得認可就有機會直接受雇。把這個流程想像成小說新人獎或許最容易理解。成為義憶技師和成為小說家一樣得經過一道窄門。最後靠的是才能這點和小說家也很像。有人死命學習仍創造不出什麼像樣的東西，也有人打發時間創造出的義憶卻獲得大型診所錄用。和年紀經歷都無關，也不需要專業知識。一如小說家不需要精通文字處理機的構造或不需要精通製書技術一樣，義憶技師也不必精通大腦科學或奈米科技。

這麼說起來，義憶技師做的事幾乎和小說家一樣。小說家和義憶技師不同的地方，只在於小說家預設的讀者可能是數千數萬規模，義憶技師預設的讀者只有一個人（當然，小說家中或許也有只為滿足一位讀者而書寫的人）。相較於小說家應內部委託而寫，義憶技師則應外部委託而寫（當然，小說家中或許也有應外部委託而寫的人）。讀完委託人的「履歷表」，寫下完全符合實際的故事。就像詩人為金主獻上十四行詩，這麼說聽起來會不會好一點。

義憶技師這行是個非常單純的世界。一方面工作內容單純，另一方面是因為義憶技師這個行業才剛產生不久。今後關於義憶的法律還會漸漸修訂完整，做這份工作時伴隨而來的瑣碎事項必然會增加。不過，我在事情變成那樣之前就辭掉義憶技師的工作了，關於這個領域，我所知道的還是單純的模樣。

我在十六歲時獲得義憶技師的工作。四年後的現在，十六歲的義憶技師仍然和十六歲的小說家一樣罕見。

知道有義憶技師這個行業，是我十五歲時的事。學校發下升學就業調查表，盯著用來填入就業欄的職業一覽時，不經意映入眼簾。父親的職業是齒科技師，或許因為這樣，我對技師兩個字特別有反應。不抱特別期待地讀了關於義憶技師的簡介，我直覺了悟。

這是為我而生的工作。

這直覺正中紅心，一年後的夏天，我成為當時史上最年輕的義憶技師，在診所找到工作。不記得為此做過稱得上努力的努力，也沒人教我，只是讀完「履歷表」，把手指放在鍵盤上的瞬間，我就完全理解自己該做什麼了。

要是對父母坦言自己想以義憶技師為目標，一定無法獲得認可，於是我先等招募結果出來，再用事後報備的方式告訴他們報名參加招募的事。順便強調這個職業的入口有多窄，又可以在不影響高中學業的範圍內繼續工作，最重要的是能夠賺錢（補貼我的學費），父母才勉強答應我就業。

工作的步驟是這樣的：診所將委託人的「履歷表」寄給我。「履歷表」是在委託人進入催眠狀態下得到的東西，內容沒有一絲虛偽。我看過「履歷表」後，製造出認為委託人需要的虛構過去。和「編輯」經過幾次來回討論修正細節後，將義憶以最完善的形式交回診所。上述一連串的程序，大約會在一個月內完成。

每個技師製作義憶的步驟不太一樣，我的方式是先把「履歷表」徹底熟讀到能背誦的程度。此時完全不設立任何「要做出什麼樣的東西」的方針，只是一股腦熟讀「履歷表」。漸漸地，我會產生自己與委託人非常相近的錯覺，即使到了這個地步，依然持續熟讀「履歷表」。在這個過程中，會出現一個讓我感覺自己觸摸到委託人靈魂核心的瞬間。我將這種超越同情共感的狀態稱為「附身」。

這時的我，已經比當事人更像當事人。委託人內心深處希冀渴望的東西是什麼，我比委託人自己更深刻明瞭。當事人不自覺欠缺的東西清楚浮現，而我能夠找出剛好嵌入這塊空洞的那片拼圖。就這樣，我製造出的記憶讓委託人感到「這不是為別人，就是為你製造的記憶」。

對一直以來都用幻想填補自身空洞的我而言，進行起這難以掌握的工序，就像呼吸一般自然——不、說不定比呼吸更容易。因為我欠缺任何東西，所以任何欠缺到我手中都有對應方法。創造一種滿足願望式的故事時，「欠缺」甚至是最重要的資質。任何事都能令我心生嚮往。

寫出再偉大的作品也只有一個讀者，拼湊出再拙劣的作品也只有一個讀者。因此，義憶技師裡不乏敷衍了事的人。做出來的義憶好不好，沒有客觀的指標可供判斷，無論端出再隨便的東西，委託人不滿意時只要說聲「好像跟您的品味不搭」就行。既然每件作品都只有一個讀者，不斷重複過去作品裡的人格或模仿自己過去的作品，也不會受到指責。因此，不斷複製過往代表作的技師也不少。

為此，有良心的義憶技師與無良技師創造出的義憶品質落差極大。優秀的義憶技師培養得出反覆購買的常客。只要嚐過一次義憶甜頭的客戶，後續大概都會再補買兩三個義憶。不安的心情也只有一開始，踏出一步之後，就會陷入「為過去整容」的快感。

因此，短期來看，以百分之五十品質大量生產義憶的人看似賺比較多錢，長遠來看，以百分之九十品質少量生產的人獲利更高。粗製濫造的義憶技師慢慢就會失去客戶，這行業的世界很小，失去一次的信用很難恢復。義憶消費者的購買傾向比較保守，沒有人會故意抱著賭博心情委託作工草率的義憶技師。

我要求自己細心工作，嚴格遵守交貨期限，也從來不忘加強學習。這麼做並非出於責任感，也不是為了回應委託人的期待。單純只因我喜歡這份工作。

熟讀履歷表，編纂描繪出一個虛構的過去，就像是以他人的身分過他人的人生。對厭倦自己人生的我來說，這份工作兼顧嗜好與收益，是再理想不過的職業。我從學生時代便沒把心思放在學業上，精力完全投入這份工作。課堂上也不認真聽講，腦中全是當時接受委託的履歷表內容。老是沉浸在別人的人生中，有時差點忘記自己是地方上公立高中的十幾歲女學生。

我的工作成績受到好評，很快地，匯入帳戶的金額已是過去從未見過的數字。開始工作第一年，我的年收入就大幅超越父親。我對賺錢沒興趣，但是，盯著存摺上的數字看，會產生一股受到社會認同的心情。有生以來第一次發現，原來我待在這個世界也沒關係。女兒擅自決定工作雖然令父母不悅，但我將收入的一半貢獻家用，對家計大有幫助，他們也不好多說什麼了。

數字帶來確實的成就感。只要一有空，我就打開存摺，盯著不斷膨脹的數字鼓舞自己。就像小時候動不動就拿呼吸器出來讓自己安心一樣。

十八歲時，為了金錢問題與父母起衝突，我心知這樣下去將一輩子受他們剝削，就此離家出走。硬是拜託姑姑讓我在她家住了幾個月（只要付錢，她對我倒是很好）。之後，租下姑姑認識的人經營的老舊公寓，展開一個人的生活。

一個人生活後的我依然孤獨，但這份孤獨純粹來自獨自一人的正常感受，比起在團體中被迫接受的不正常孤獨要好太多了。不是教室裡的孤獨，是自家裡的孤獨。再說，只要我全心投入工作，就得忙著遊走於一個又一個幻想中，根本沒時間覺得寂寞。

定期就醫之後，曾幾何時氣喘也治癒了。建立一個人活下去的自信，纏繞在身上的鎖鏈好不容易擺脫。

前途一片光明。今後，真正的人生即將展開。我這麼想。

這個預感正確。只是，當時的我忘了「真正的」未必具備「善」的性質。

十九歲那年，我發現自己生了新的病。

09　說故事的人

新型阿茲海默症（ＡＤ）也可說是促使義憶技師這行誕生的原因。和過去的阿茲海默症相比，最明顯的不同就是「記憶消失的方式」。

如果用老花眼比喻過去ＡＤ的記憶障礙，新型ＡＤ的記憶障礙就可比喻為近視。ＡＤ從罹患初期開始，對近期記憶就有很明顯的障礙症狀，對遠期記憶的障礙症狀則在病情進行到一定程度後才浮現。另一方面，新型ＡＤ正好相反，初期出現的是遠期記憶障礙，病程進行到末期才會產生近期記憶障礙。ＡＤ從近的事物開始看不見，新型ＡＤ則從遠的事物開始看不見——當然這樣的比喻過度簡化，只是為了快速說明新型ＡＤ的性質，一般都會採用這樣的比喻方式。

一如年輕人近視不稀奇，罹患新型ＡＤ的年齡層甚至比早發性阿茲海默症患者年齡層更低。至今已經出現好幾個未滿二十歲即發病的案例（不如直說了吧，我就是其中之一）。關於ＡＤ這種病，原本就有許多醫學尚未能解的謎團，新型ＡＤ更是如陷入迷霧般充滿未知的部分。和ＡＤ一樣，目前最有力的說法是，新型ＡＤ發病原因複雜，包括複數遺傳因子及環境要素，屬於多重基因遺傳疾病。但也有人認為誘發新型ＡＤ的真凶其實是經過變異的奈米機器人。另外，還有學者將新型傳染病視為間接原因。眾說紛紜，尚未有定論。簡單來說就是，對於這個病，人類什麼都還不懂。當然，也無法治療。

與過去的ＡＤ相比，新型ＡＤ的記憶喪失非常規律。簡直就像手頭保存的檔案按照新舊順序，從舊的開始自動刪除一般，從最古老的記憶開始依序受到侵蝕。先忘記幼兒時期，再忘記兒童時期，然後忘記青春期，接著忘記青年期、中年期，到最後只會記得最近幾天發生的事。

新型ＡＤ的終點和過去的ＡＤ一樣，當記憶侵蝕的進程追上當下這一刻，患者開始出現去皮質症候群，不久便會死亡。儘管世間對ＡＤ的注意力多半放在記憶障礙，別忘了這終究是一種致死病症。一旦發病就沒有痊癒的希望。截至目前為止，ＡＤ的致死率為百分之百，阿茲海默症失智患者發病後的平均壽命頂多七、八年，新型則不到一半。

過去的ＡＤ患者病程進行到末期時，多已陷入連自己都不認識的恍惚狀態，相較之下，新型ＡＤ患者直到死前，除了情節記憶喪失之外，沒有其他明顯失憶症狀。不會出現大腦執行功能障礙或定向障礙，思考能力維持正常，人格變化也不大（甚至還有研究報告指出近期記憶反而更加鮮明，不過這應該單純只是遠期記憶喪失後，記憶不容易出現競爭的緣故）。患者不但過起日常生活毫無問題，工作上更是幾乎不受影響。沒有幻覺妄想等狀況，對周遭的人來說簡直是值得慶幸的事。

然而，站在當事人的立場，卻只能說是地獄。因為必須在保持完整明確知覺的狀態下，眼睜睜看著自己這個人逐漸消失。若說ＡＤ是伴隨悶痛從內部一點一滴受到侵蝕的病，新型ＡＤ就是未經麻醉一刀一刀切斷四肢的病。雖然恐懼的性質不同，一般來說，後者承受的會是更巨大的痛楚吧。

因此，症狀尚未進展到最後就選擇自我了斷生命的新型AD患者不在少數。他們的說法是，想在還能做自己時結束一切。

服藥某種程度能夠延緩病情惡化，問題是，新型AD發現時往往已經太遲。短期記憶或近期記憶一旦發生問題，通常立刻就會發現，但是人們就算想不起幼兒時期或兒童時期的事，也不會馬上聯想到疾病。除非有定期談論往事的對象，否則新型AD患者罹病初期通常難以有所自覺。幾乎都是等到十五歲後的記憶開始消失，才急忙跑去醫院檢查。

因此，大部分患者都沒有孩提時代的記憶。他們說這有時會是比忘記最愛的人更大的悲劇。某位患者曾用「感覺自己隨時都像在陌生城市迷路」來形容這種精神狀態。說到底，對我們而言真正重要的記憶多半集中在人生的序章，也只有幼兒時期能享受真正的安心感。真正的安心感——查理．布朗用「在父母開的車後座睡著」形容這種毫無匱乏的安心感。但是那種東西，打從一開始我就不曾擁有。

以我的狀況來說，會察覺患病完全是碰巧。起初因為慣用手感覺麻痺，去醫院做大腦斷層掃描檢查時，發現出現了新型AD的症狀（手麻的原因單純是累積太多疲勞）。

得知患病當天回家路上，我的心情很平靜。我知道新型AD是什麼樣的病，當然也知道目前沒有有效療法，以及患者中選擇自殺的人很多。我也知道這是會致死的病。即使如此，我不但沒有陷入絕望，也沒有悲傷怨嘆。連一滴眼淚都沒流，甚至還覺得肚子餓。

話是這麼說，心想萬一哪天終於正視病情時，我可能什麼事都無法做，姑且還是請了一個月的假。由於在那之前我可以說是過勞，診所很快就准假了。

接下來，我過了十天無所事事的日子，依然感受不到一絲恐懼與後悔。有的只是困惑。為什麼我這麼冷靜？是不是從根本上誤解了什麼？或者，我只是還沒做好接受現實的心理準備？

我把自己關在房裡，持續看不特別想看的電視。在那之前一天二十四小時——包括作夢的時候——都在思考工作的我這個工作狂，根本不知道閒暇時間怎麼過。這幾年，為了豐富義憶的內容，假日都用來充實自己。閱讀、看電影、聽音樂及旅行，對我來說只是學習教材，做這些事只為了用來創造出更好的義憶。一把這個目的從採取行動時的選項拿掉，我瞬間閒得發慌。這時我才深深感慨，從前自己真的除了工作什麼都不想。

又過了三天，困惑轉變為一種異樣感。我想用別的詞彙取代這種不知哪裡不對勁的異樣感，於是躺在床上思考各種事。就在這時，我察覺到——

這麼說起來，最近受記憶閃現襲擊的頻率驟減。泡在浴缸裡或鑽進被窩等待睏意來襲時，幾乎不再像以前那樣忽然想起從前的事而陷入悲慘的情緒。原因毋庸置疑，包括心靈創傷在內的兒時回憶已經因病消失。我這段時間持續感覺到的不對勁就是這個。隨著記憶的喪失，我不但無所畏懼，反而活得更輕鬆愉快。

仔細回想，我沒有任何一件不想遺忘的事。不想忘記的人，不想忘記的時光，不想忘記的地方，什麼都沒有。

這事實令我錯愕。普通人一旦知道自己即將喪失記憶，一定會先把不想忘記的事情寫下來吧。寫下來後反覆地看，希望把那記憶烙印在腦中。然而，我沒有這麼做。我沒有這麼做的必要。要是能忘的話最好全忘光，我腦中盡是這些痛苦的記憶，要是把這些痛苦記憶拿掉，剩下的都是破銅爛鐵般毫無價值的記憶。

不知道該慶幸自己餘生不用體會喪失的可怕，還是該哀嘆自己這半輩子連可以喪失的東西都不曾擁有。我無法判斷。唯一能說的，就是隨著記憶的喪失，心靈創傷癒合後，想親近他人的心情在我心中萌芽。不斷看著沒特別想看的電視，就是為了聽人說話的聲音。

好寂寞。現在的我已經能坦然承認這種情緒。反過來說，生病前的我甚至沒有餘力承認自己寂寞。內心的痛苦消除掉一部分之後，心多出了空間，讓我終於能夠接受現實：不是自己選擇孤獨，而是孤獨選擇了我。因為不用再去煩惱情感累積到未來會如何，也就沒有必要假裝自己是個心理無感的人。

想抗拒這個需求是沒用的，我心想。於是在醫生建議下，我決定參加都內新型AD患者聯誼會舉辦的交流活動。活動目的是讓患者分享煩惱與不安，只要去參加就能認識許多同病相憐的人。

我從氣喘這個病中學到，痛苦充其量只是個人感受，就算罹患同樣疾病也未必能與對方分享。所以打從一開始就不期待參加活動能消除對疾病的不安，或產生對病情採取積極態度的變化。那些都不重要。我只是想用健全的方式填補有生以來第一次感受到的健全寂寞，而不是靠躺在床上幻想的不健全方式。

✦

義憶技師從不使用「比喻」手法。與小說讀者或電影觀眾不同，給他什麼，義憶擁有者就會認為那裡真的有什麼。這裡描繪的情景是哪種隱喻？中間夾的插畫隱含哪種寓意？不、義憶不需要這種解讀。使用者不必在拿到的故事裡挖掘過剩的含意，只要像享受人生那樣享受義憶即可。所以，我們義憶技師不須具備追求藝術的野心，從頭到尾只要創作令人愉快舒服的情節。為此，在故事創作界中，義憶技師始終被視為速食店般的存在。

那也沒關係，我想。畢竟我也喜歡吃立食蕎麥麵或旋轉壽司，這些東西要是沒了，我也會想念它們。

但我當然也不會因為這樣，就輕視「比喻」的手法。有時這種手法甚至能超乎說故事的人預期，準確挖出事物核心。我們使用的言語詞彙，往往比我們本身聰明許多。

舉例來說，那時我在跟學校教室大小差不多的房間裡，看著圍繞圓桌的十張椅子，以及坐在上面的九個同病相憐患者，心想「感覺好像要開始一場怪談大會喔」。這原本是不帶任何意義的比喻，這個比喻卻在預期之外點出真實的一面。他們說的事令我聽了背脊發涼，害怕得想吐。第十個人開始講的時候，還把不屬於這世界的人給召喚來了。

全員年齡性別都不相同，一如事前的預測，我是其中年紀最小的一個。這雖然讓我有點退卻，但也只能先深呼吸入座，向四周的人輕輕點頭致意。接著，我重新觀察在場每一個人。所有人都一樣，一臉沉鬱的表情。從眼神可以得知，他們毫不懷疑自己是世界上最不幸的人。我忽然想到，這番光景好像在哪部電影裡看過。思考了大約二十秒，想起那部電影的名稱是《鬥陣俱樂部》。那部電影我是十七歲時看的，這麼說來，至少十七歲之後的記憶還在。

所有人都拿到一瓶寶特瓶裝茶，但沒有一個人喝。與其他參加者頻頻交換視線的人大概都不是第一次參加。那麼，不認識在場任何一個人的或許只有我。

來參加的每個人都打扮得頗為慎重，我這才注意到自己今天的外表。衣服和鞋子都是三年前買的東西，也沒戴任何飾品。幾乎等於沒化妝，睡眠不足與不健康生活造成皮膚粗糙，一次也沒染過的黑髮從未打理，看上去像個幽靈。怎麼看都不是能出門見人的模樣。

等交流會結束就去剪頭髮吧。我盤算著。

聽見有人清喉嚨的聲音。

「那麼，差不多該開始了吧。」坐我左邊的四十歲上下男人率先發難。「從誰先開始？」

幾個人面面相覷，不置可否地搖頭。

「那就跟平常一樣，由我開始……」

男人面露苦笑，一副很習慣的樣子開始說了起來。

——我已經連一半都想不起太太的事了。

老實說，我的感想是「這種事好像在哪裡聽過」。大學畢業後立刻結婚，借錢開店，和妻子一起度過窮困時代，等工作終於上軌道，孩子出生，人生正要就此展開時，發現自己罹患這種病。除了畏懼自己的死亡，忘記妻兒更讓他害怕。想起因為失智，連家人都不記得的祖母，一想到自己即將變成那樣，就忍不住想在那之前先動手了結自己的性命。

男人說完，四下便響起稀稀落落的掌聲。我也輕輕鼓掌，但老實說，內心只有「人生過得滿幸福嘛」的感想。在同情之前先湧現羨慕的情緒，對這樣的自己感到窩囊，手拍得更用力了。

接下來，就以順時鐘方式輪流發表各自的苦惱。或許是顧慮到新來的我，特地將我安排在最後一個吧。不是每個人都能像第一個發言的男人那樣流暢地發表意見，其中也有始終吞吞吐吐講不下去的人，讓我鬆了一口氣。

第四個發言的，是一位在圖書館擔任管理員的女性。她的分享中有幾個情節令我印象深刻。發現自己聽著她說的話時，竟然下意識想「可以改編一下這個情節，下次拿來做成義憶」，急忙揮去這不得體的念頭。這種時候還想工作幹嘛呢，把別人的真情剖白拿來當成賺錢工具也太沒禮貌了。我關閉義憶技師的思考迴路，提醒自己要像享受義憶一樣全盤接收同病者說的話。

第六個人說完後是短暫的休息時間。坐我左邊的男人問我對交流會的感想。我選擇平庸無奇的言詞回應，在腦中整理一次前面六個人的發言。忽然發現一件事，令我一陣驚恐。

大家都只講親人、朋友與戀人的事。

怪談大會再次展開。第七個人講的是家人與朋友的事，第八個人講的是朋友與戀人的事，第九個人講的是親人、朋友和貓的事。果然沒錯，我得到確信。過程固然各有不同，最後的結論就是，除了我之外的所有人「最後的堡壘都是與親近的人之間的情感牽絆」。

坐我右邊那位即將邁入老年的女性已在做總結。輪到我時該講什麼好呢？我原本想講的，是對喪失記憶這件事連恐懼都沒有的虛無心境。可是，照這情形看來，要是我真那麼說了，恐怕會引起眾人反感，就像朝其他人好不容易建立起的親密氛圍潑冷水。

儘管非我本意，對眼前這九個人的絕望來說，我的絕望聽起來肯定很諷刺。我將一度關閉的迴路打開，切換為執筆創作時的大腦，開啟一個新的故事。得說個符合現場氣氛的故事才行。

閉上眼睛，集中注意力。咀嚼剛才這九個人訴說的內容，直到情節融成一片，再抽取其中精華。摻入幾樁我的私事——或說從我的私事延伸而出的願望——打造原創性，再故意丟進幾個混淆視聽的情報，讓虛構程度變得不明顯，偽裝為現實。

負責擔任白馬王子角色的，就決定是我從小在幻想中培育出的「他」。

我只花不到三十秒就完成以上工程。還有時間讓我從容不迫地為完成的故事加個貼心的標題。

即使罹患了新型ＡＤ，我身為故事創作者的能力不但沒有衰退，反而不斷成長。原因不明，或許跟飲酒抽菸明明會對大腦帶來不良影響，卻對創作很有幫助的道理相同。忘記多餘的人事物後，就像減去思考的贅肉，獲得更澄澈犀利的感受。

女人似乎說完了。掌聲一結束，九人的目光便集中在我身上，彷彿在說「來、輪到妳了」。我把左手放在右邊肺部上，短短深呼吸，開始說起剛編出來的——不過，就某種意義而言是我從懂事起就構想至今的——虛構的過去。

「我有個青梅竹馬。」

✦

說完時，在場的人半數眼泛淚光，也有人已經取出手帕擦拭眼角。我說的謊似乎比任何人分享的內容聽起來更真實，深深打動聽眾的心。

掌聲靜止後，其中一名成員——分享貓的故事那位女性——說：

「今天有來真是太好了。」她拿下老花眼鏡，擦拭眼角，再小心把眼鏡戴回去。「謝謝妳分享這麼美好的事。妳雖然非常不幸，但也非常幸福。因為妳遇見了至高無上的對象。」

我不知道如何回應，只能低下頭。接著，其他人紛紛表達對我故事的感想。每當他們對我投以溫暖話語，我強裝的笑容底下罪惡感就會變得更重。

我好像做得太過火了。仔細想想，這還是第一次親眼看見別人對我創作故事的反應。沒想到會獲得這麼大的反響，使我重新體認到故事的魔力。

「還這麼年輕，真是太可憐了。」「下次也把他帶來吧，大家會很歡迎的。」「身邊有能理解自己的人一定很放心吧。我也一樣，要是沒有內人，我現在早就自暴自棄了。」「聽了妳說的話，我好想去見我男朋友。」

我乾笑著聽他們這麼說，只能點頭。愈點頭愈覺得自己悽慘。甚至開始懷疑這些人或許明明知道我說的是編出來的故事，故意開我玩笑。欺騙了一群這麼善良的人，最後還如此被害妄想，自己都受不了自己了。

隨便找個理由婉拒和大家交換聯絡方式，我離開了會場。在回程的地下鐵電車上，始終處於呆滯狀態。映在窗玻璃上的我的臉極盡空虛，像某種空殼似的。看上去，那空殼彷彿即將隨夏天的結束風化瓦解。

我心想，再也不去交流會了。

✦

從夏初到夏末，我都一個人過。

已經不開電視也不聽廣播了。原本視為心靈支柱的存摺也不看。現在從那種東西裡已找不到慰藉。只要有最低限度的生活費和通往黃泉的費用就夠了，對現在的我來說，錢只是多餘的東西。

存摺裡的數字，代表我什麼都做得到也什麼都辦不到。普通人要是有這麼多時間，手頭又這麼寬裕的話，早就和朋友出去玩、和家人共度時光或和戀人約會了吧。為了盡情享受短短的餘生，或許來一趟奢華的旅行、舉辦豪華派對，或是辦一場盛大的婚禮。

我的錢毫無用處。原本想搬去可養寵物的公寓養隻貓，型錄翻著翻著就改變主意了。還有沒有三年可活都不知道的人不該養寵物。連自己都照顧不了的人類，負不起這麼重大的責任。

再說，跟人類處不好就想靠貓來療癒自己，這種動機也太不單純了。令人同情起被迫陪伴我的那隻貓。貓這種生物啊，就該讓有沒有貓都能活得很好的人愛養不養的過著自由生活就好。被我這種沒有貓可能就活不下去的人養到的話，貓會不幸的。

每次想親近人類，我就站在公寓陽台上眺望往來行人。好像回到從前被關在家裡時趴在凸窗邊往外看的時候。結果，和那時比起來我一點都沒變。

那年夏天，我主要只想著如何滿足本能欲望而活。

白天靠在房間牆上聽老唱片，為了打發時間，我不斷換面或換一片來聽。自從開始意識到餘生，原本就喜歡的音樂變得更喜歡聽了。尤其是以前總認為無聊的老歌，在我心中魅力大增。正因伴奏與旋律單純，更能仔細聆聽每個音，這些音樂滲入我乾涸的內心深層，帶來滋潤。聽音樂聽累了，我就看看唱片上的溝紋或封面，讓耳朵休息一下。

太陽下山後走到車站前的超市去，在店內逛好幾圈慢慢挑選食材，買好後直奔回家。回到家，打開在舊書店心血來潮買下的食譜，從第一頁開始依序挑戰裡面的菜色。分量與時間完全忠實遵照食譜指示，不多下工夫也不偷工減料，總之就是徹底按照食譜做菜。料理完成後，就算沒人看見，也會費心擺盤，從各種角度檢視成果。最後端上餐桌，慢慢品嚐，滿足食慾。

飯後洗個很長的澡，把身體各個角落都洗乾淨。不是為了想保持清潔，而是為了睡個舒服好覺。洗完澡走出浴室，在夜深前上床，包括早上睡回籠覺的時間在內，一天總共睡差不多十小時，滿足睡眠欲。

關於剩下的另一個欲望，我不太去想那件事。幸好獨自一人過著安靜的生活，連還有這種欲望的事也忘記了。

藥只有偶爾想起時才吃，新型AD的症狀不斷惡化。很快地，我就把小時候讓我那麼痛苦的氣喘生活全忘光了。關於這點，也不抱任何特別感慨。

結束之日確實一天一天逼近。即使如此，我甚至還主動把時針撥快。從某個角度來看，或許可視為消極緩慢的自殺。

聽唱片的時候，煮菜的時候，泡澡的時候，躺在床上的時候，愈是試圖什麼都不想，我的大腦就運作得愈活躍。

在患者沙龍交流會上臨時捏造的「他」的故事，在我頭上團團打轉。

那時，為了讓故事聽起來更真實，我添加了一些小細節。結果造成我心中的「他」愈來愈像真實存在的人。第一次在人前提起「他」的事也是一大要因。我聽著我自己口中說出的故事，像在聽別人的故事一樣。或許可以說，我是透過在場其他人的耳朵聽到了自己的故事。在這樣的反饋下，「他」獲得一種客觀性與社會性，成長為更切合實際的存在。幾乎具備了生命。

孤獨愈深，絕望愈深，「他」的故事就愈閃亮動人。我好幾次從頭開始回想這個故事，微調細節，反覆推敲，然後再從頭讀起這個故事，凝視虛空微笑。

這是一種精神上的自傷行為。幻想是劇毒，些微的喜悅換來的，是我體內不斷累積的透明毒液。

某天，在各種巧合下，我成功做出一道很難的菜。外觀完美得忍不住想拍照，滋味也絕佳。下意識地，我想像「他」吃了這道菜一定會很高興。那一瞬間，我完全忘記「他」是虛構出來的人物。

隨即，我想起「他」根本不存在的事實，腦中一片空白。

停頓幾秒後，內心有什麼崩壞了。湯匙從手中滑落，掉在地上發出刺耳的聲音。蹲下去想撿，全身卻忽然失去力氣，就這樣倒在地上。

虛無感達到臨界點，無法再忍受更多。

回神時，我已在放聲大哭。

不想就這樣死去。人生就這麼結束未免太過分了。我還沒有獲得任何一樣真正的東西。

只要一次就好，死前真希望能獲得誰的稱讚。想要有人勉勵我，想要有人同情我。想要有人像對小孩子那樣無條件地接受我，溫柔擁抱我。想要一個能百分之百理解我孤獨的百分之百男孩，對我灌注百分之百的愛。想要有人在我死後悲嘆我的死，因為我的不在，懷抱一輩子無法消失的心傷。想要有人為我憎恨害我死去的疾病，為我痛恨那些沒能溫柔對待我的人，為我詛咒沒有我的世界。

光靠幻想怎麼可能滿足。我心中的我現在仍持續哭泣。剛出生的我一歲的我兩歲的我三歲的我四歲的我五歲的我六歲的我七歲的我八歲的我九歲的我十歲的我十一歲的我十二歲的我十三歲的我十四歲的我十五歲的我十六歲的我十七歲的我十八歲的我，大家都像現在的我一樣坐在地上抱著膝蓋，哭得像個哽咽的孩子。就算記憶消失，哭聲還會持續迴盪。若想療癒她們，就必須要在現實中得救，但是不管我怎麼東張西望尋找，都找不到那樣的東西。

沒有可失去的東西所以無所畏懼，說這種話只是在逞強而已。其實我很害怕，怕自己還一無所有就死去。恐懼使我身體不住顫抖。

可是，事到如今還能怎麼辦？出生至今一個朋友都沒有的我，到底還能做什麼？別說百分之百男孩了，我連百分之五十朋友都交不到。

找同事商量？跟同業聯絡，坦言我的苦衷？做那種事可能只會得到膚淺的同情吧。不、要是找錯對象，搞不好還會正中對方下懷。我知道自己招不少同事或同業嫉妒，也聽過在我背後說的各種壞話。就算幸運找到對我不抱敵意的對象，只要我心裡有「說不定對方對我有敵意」的想法，彼此之間就不可能成立絕對的信賴關係。老實說，我怕那些人怕得很。

不然，找路人搭訕？在社群網站上招募朋友看看？算了吧。那種方法不可能找到真正理解自己的人，跟找出掉在沙漠裡的一根針差不多。還有可能導致非常不愉快經驗的風險。

死命找尋的話，或許能找到百分之三十的同情、百分之四十的理解或百分之五十的愛。可是那是不行的。拯救我、拯救我們無論如何都需要百分之百男孩。

或許有人會說我這是自不量力的奢望。或許有人會罵我，說一個從未與他人交流往來的人還想獲得極致的愛，簡直是癡人說夢。也或許有人會嘲笑我，說妳頂多值得百分之五十的同情。然而，身為義憶技師的直覺告訴我：「除了極致完美男孩的擁抱，沒有其他方法能拯救妳了。」想解開長久以來我內心凝聚的孤獨，除此之外別無他法。

後來的好幾天我都在哭泣中度過。即使如此，我還是沒有放棄思考「他」的事。都到這節骨眼了，乾脆真正傷害自己到削肉見骨算了。

完全忘了吃藥，症狀一口氣惡化。我失去十五歲之前的記憶，義務教育時代的窒息痛苦也完全遺忘。四分之三個人生被虛無掩蓋，我的人生還差一點就要正式成為空洞。

我仍不斷想著「他」。

不再聽唱片，也不做菜了。連站起來都十分費力，我抱著枕頭像毛毛蟲一樣在屋內到處爬。躺在床上，躺在地板上，躺在廚房，躺在玄關，躺在盥洗室，躺在陽台。即使如此，纏住身體的倦怠感仍完全無法消除。

我仍不斷想著「他」。

製造義憶曾是那麼愉快的事，如今卻感到厭煩。光是看到別人的「履歷表」就有點想吐。不管看到什麼都只會湧現嫉妒，我恨死那些明明過著不虞匱乏的人生還貪求幸福義憶的人。

我仍不斷想著「他」。

某天，我陷入一種天真的瘋狂。

一如往常沉浸在關於「他」的回憶之中，細細品味後，我忽然這麼想。

對於一次也沒見過的對象，人真的有可能描繪得如此鮮明清晰嗎？

對於一次也沒見過的對象，人真的能專情地愛到這種程度嗎？

對幻想中的存在做到這個地步，肯定是哪裡搞錯了什麼。

我是否產生了某種致命的誤會？

說不定。

搞不好。

難道……

「他」不是虛構的人物，而是實際存在的對象？

其實我真的有這麼一個青梅竹馬，只因生病喪失了記憶中最重要的部分，才會以為他只是我幻想中的人物？

這實在是容易戳破的妄想。要是生病前的我聽到別人這麼說，肯定一笑置之。

然而，那時的我卻把這一閃而過的念頭視為天啟。我早就失去正常，只能緊抓住這個論點不放。對現在的我來說，疾病帶來的記憶空白成為最後的希望。

✦

睽違一年半的返鄉。

「他」可能實際存在，受這縈繞不去的念頭所苦，我一刻也坐不住，隔天早上就搭第一班車回故鄉。

當然，這麼做是為了與「他」重逢。

包包裡裝著國中時代的畢業紀念冊，路途中我反覆翻閱了好幾次。十九歲女生在電車裡獨自翻閱畢業紀念冊，這舉止雖然詭異，幸好星期六一早的下行列車空蕩蕩的，沒有人質疑什麼。

我把畢業紀念冊裡的大頭照和名字全部記在腦中。沒有一個同學的臉有印象，簡直就像錯把別間學校的畢業紀念冊帶來一樣。試著找尋符合「他」形象的男生，但從表情僵硬的大頭照中找人實在太困難。記憶中的「他」又沒有具體形貌，只能憑印象和氛圍掌握。想在眾人之中辨識出「他」，需要的是更多連續動作與表情組成的資訊。

拍攝上課或校內活動照片裡找不到我自己的身影。經常一臉陰沉低著頭的我，大概沒有令人想拍照的吸引力。紀念冊裡的學生人人青春洋溢，我從他們身上看到現在的自己早已失去的東西。不到一年後，我就要滿二十歲了——如果能活到那時候的話。

列車於正午前抵達故鄉的車站。那是個位在千葉一隅的不起眼鄉下小鎮。十八歲離開這裡前往大都會時，覺得自己跋涉千里，內心惴惴不安。如今睽違許久回來，才發現兩地之間根本不算什麼大不了的距離。我穿過剪票口，走出狹窄的車站建築。

故鄉對我來說像是初次造訪的陌生城鎮。天空、綠樹與大海，一切都和我很疏離。絲毫沒有鄉愁可言。看到陳舊的喫茶店與拉下鐵門的商店街時也不是沒有似曾相識的感覺，但那更像是親眼看到曾在電視或書上看過的風景，不會聯想到自己的過去。

我用手機地圖確認所在位置，建立好大致上的路徑後，把左手放在肺部緩緩深呼吸，接著才開始走。擔心萬一碰到父母怎麼辦，一路上忐忑不安，不過好久沒像這樣為了某個目的動起來，內心甚至有種激昂感。

小學、國中、商店街、公園、公民館、圖書館、散步道、醫院、超市……我靠手機地圖到處散步。明明是星期天，卻幾乎沒碰到其他人。與其說外出走動的人少，不如說這裡單純就是人口稀少。住慣都會區的現在，感覺像來到禁止居民外出的城鎮。看起來也像即將有人造人入住的人造城。

天空萬里無雲，看得見遠方巨大的積雨雲。走在被夏日陽光曬得輪廓模糊的懷舊風景中，我不知不覺勾勒起以這座城鎮為舞台的故事。

如果我沒有離開「他」，一直生活在這裡的話。

我一定不會成為義憶技師，現在大概是個正在歌詠人生的平凡大學生吧。一邊領獎學金也一邊打工，住在「他」家附近，過起半同居的生活。幫「他」下廚、做家事，感覺像個小妻子。

想著想著，我開始在鎮上所有地方看見那個可能世界中的我倆身影。在那個世界裡，我是幸福的。小學時的我坐在「他」騎乘的腳踏車後座，笑著從背後抓緊「他」。國中時的我身穿浴衣，和「他」手牽手仰望煙火。高中時的我，放學回家路上趁沒人看見時，在公車站牌下和「他」快速接吻。大學時的我，和「他」一起去逛超市，購物袋一人提一邊，像夫妻似的走路回家。

與其說是幻想，不如說是回想。想像中的那一幕一幕光景，鮮明清晰得像我親身體驗過。我已幾近瘋狂，大概被住在這塊土地上的想像力怪獸附身了吧。

城鎮不大，花半天時間就走遍主要建築與設施。不用說，當然是毫無收穫。只有遇到一個老人跟我搭話。對方問我派出所怎麼走，我說我不是這裡人所以不知道。也只能這麼回答了。

夕陽的顏色使人聯想起即將枯萎的向日葵。坐在白天餘溫未散的堤防上，我眺望大海。脫下的鞋子放在身旁，讓鞋子磨傷的腳吹吹海風。喝掉半瓶自動販賣機買的礦泉水，剩下半瓶淋在腳上。冷水刺激傷口。等傷口乾燥後，貼上藥局買來的ＯＫ繃。

其實，幾乎沒有年輕人住在這裡。半天下來見過從小學到國中的孩子，但與我年齡相仿的人就一個也沒見過。城鎮像死了一半，今後大概也沒有復活的希望，只能等待逐漸老朽。話說回來，我剩下的時間比這座城鎮還少就是了。

全身痠痛，意識恍惚起來。但總不能一直這樣下去，我穿上鞋子，扶著大腿搖搖晃晃起身。抓起放了畢業紀念冊的包包，揹在肩上。

這時，人行道方向傳來年輕人的聲音，我不假思索回頭。一對十四歲左右的男孩與女孩並肩走在一起。男孩穿得像出門散步一樣隨便，女孩則穿著漂亮的浴衣，深藍底色上有著不過分誇張的煙花圖案。女孩頭上還別著紅色的菊花髮飾。我看著那女孩出神了好一會兒。要是自己也能穿那樣的浴衣和戀人散步有多好，內心有那麼一點嫉妒。

鎮上某處大概正舉行祭典吧。我決定跟著他們兩人走。他們穿過商店街後右轉，沿田畝旁的小路直直走，橫越平交道，前方出現一座不大不小的神社。聽得見祭典聲音，聞得到祭典的味道。

如果世上有所謂命中注定的重逢。我心想。

這裡一定是最適合發生這件事的舞台。

我在神社境內像個夢遊症患者四處徘徊，試圖找尋「他」的身影。當然，我並不知道「他」的長相，也不知道「他」的聲音。即使如此，我確信自己一眼就能認出「他」。對方一定也一眼就認得出我。或許曾有一度不相信會這麼碰巧重逢，擦身而過了也說不定。可是，再走幾步之後，「他」絕對會回頭。

我撥開人群，為了尋求如肥皂泡泡般不斷膨脹的幻想中的戀人，持續向前走。露天攤販開始收攤時，即使是我也不免感到挫折。祭典的聲音筋疲力盡地停歇了，祭典的味道隨風散去，祭典的光被吸入黑暗之中，耳邊只留下刺耳的寂靜。我從石階上起身，將神社留在身後。

在攤販前走了那麼久，竟然什麼都沒吃。我四處找尋餐飲店，終於在車站前找到一間還沒打烊的小餐館。受烤魚香氣誘惑，走入店內。

一在桌席坐下，整日下來的疲勞一股腦壓倒我，看似連一步都再也走不動。沒仔細看菜單就點了烤魚定食，用店員端上桌的水滋潤喉嚨，有一搭沒一搭地看電視上的棒球賽。

聽到坐吧檯席的客人點了日本酒，我也想試著喝點酒。印象中看人喝酒總是一大群人吵吵鬧鬧，一直以來都避免喝這種東西，可是就算短暫，只要能暫時忘記討厭或痛苦的事，喝喝看好像也不錯。反正我已不用顧慮將來身體健康的問題了。

朝吧檯方向轉身叫來店員，說要跟剛才點酒的女生喝一樣的，店員機械似的唸出對方點的東西後走回去。沒被問到年齡讓我鬆了一口氣，也有點落寞。原來我早就看起來像喝酒也沒問題的年紀了嗎？

從位子上站起來，走到廁所，觀察鏡中的自己。或許因為長年過著面無表情生活的關係，鏡子裡的我感受不到一絲生機或活力。看上去像個二十五歲左右的單親媽媽，明明我腦子裡的東西還停留在十四歲。

回到桌邊，日本酒與豬口小酒杯已隨意放在桌上。我戰戰兢兢試喝一口，一股說不出的怪味道。伸手拿玻璃杯，想用冰水消除留在嘴裡的酒味。酒喝起來又苦又臭又甜膩，讓人懷疑是不是故意做出這麼難喝的東西。

即使如此我還是勉強喝下一半，身體逐漸暖和起來。這就是喝醉的感覺嗎？我一邊看杯底漩渦狀的圖案一邊這麼想。

心中有個卡卡的感覺，想不出來是為什麼。為了點一杯熱茶，再次朝吧檯轉身。左手放在嘴邊打算喊店員時，姿勢就這樣定格不動。

坐在吧檯席的女孩側臉，應該在哪看過。

倉促之間對照電車上反覆翻看的畢業紀念冊照片，減掉多出的四歲影響，她的臉與國三時某位同班同學完美一致。髮型與體型多少有些改變，但肯定沒錯。這個女生是當時的班長。

終於遇到認識的人了。

還來不及思考，身體就先動起來。我走到她身邊搭訕：

「請問……妳記得我嗎？」

從前的班長手握小酒杯，眼睛眨了幾下。臉上露出判斷不出喝醉的是對方還是自己的表情。我瞬間有點不安，難道認錯人了嗎？應該不會的，只是國中時代的我太沒存在感而已。

她不好意思地笑著問：

「呃，抱歉，不能給點提示嗎？」

「國三的時候，我們同班。」

她想了一下，然後用手拍大腿。只是最重要的名字似乎怎麼也想不起來，說了「妳是那個……氣喘的……」就接不下去了。

我苦笑報上自己的姓名：「氣喘的松梛灯花。」

「對對，是松梛同學。」她終於鬆了一口氣點頭。

「可以坐妳旁邊嗎？」我問。這是平常的我不可能做出的言行舉止，這時可說是拚老命了。

「咦？喔，好啊。」

我請店員幫忙移動座位，在她身邊坐下。日本酒造成的醉意這時才開始遍布全身。跟這個只知道畢業紀念冊裡長相的同學重逢，我裝作非常開心的樣子，跟我這個印象稀薄到連名字都想不起來的同學重逢，她也裝作非常開心的樣子。我們講的話完全牛頭不對馬嘴，可是就算只剩下一點印象，能遇到記得我的人，我還是很高興。

「松梛同學，妳現在在幹嘛？上大學？」

我說對。來到這個城鎮後，這是我說的第二個謊。要是說在當義憶技師，對方大概不會相信，我也不想讓好不容易遇到的同班同學留下奇怪印象。我說自己是大學生，利用暑假返鄉，這應該是最不容易露出馬腳的說詞。

「在東京上大學啊，真羨慕。」她用不特別羨慕的語氣說。

「那妳現在在做什麼？」

「我？我啊——」

接著她一個勁兒說起自己的近況（我知道這麼說很沒禮貌，但沒有特殊原因卻留在鄉下老家的人說的話往往平凡又無趣）。聽她說完找到現在這個工作的前後始末時，店裡已經在播暗示打烊的音樂〈螢之光〉。「唔，已經是這時間啦？」從前的班長看著手錶說。

我在後面等她結帳，不知為何試圖想把〈螢之光〉的歌詞想出來。可是除了第一句，後面的完全想不起來。或許原本就不記得，也可能是受到新型AD的影響。

「如同我的戀心，虛無飄渺～」這顯然錯誤的歌詞，像煩人的廣告歌一樣在我耳邊縈繞不去。

道別之際，忽然想起什麼的班長對我說：

「差不多從一年前吧，我們幾個留在老家的同班同學約定每兩個月聚會一次。類似開同學會那樣，不介意的話，松椰同學也來參加？」

對於捨不得就這樣道別，正想要用什麼方式留住她的我來說，這是求之不得的邀請。運氣實在太好，瞬間我還露出嚴肅的表情。急忙換上笑容，說請務必讓我參加。問到日期與時間，我向從前的班長道謝，我們就分開了（下次聚會她似乎有事缺席）。搭最後一班電車回住的公寓，沖個澡，在腳上貼新的ＯＫ繃。然後，我站在盥洗室的鏡子前，仔細端詳自己的臉。

痛切體認自己過去對這個年紀該感興趣的東西實在太不用心了。

在這之前，我對外表幾乎毫不在意。就我看來，人類的外表純粹只是容器。就像書的封面或唱片封套一樣，可以想成與本質無關的東西。

可是，隨著自己的內容物愈來愈空洞，我也愈來愈在意作為容器的外表。外表的確不是人類的本質，然而，買書的時候不是不曾為封面而買，買唱片的時候也會看封套做選擇。希望別人進一步接觸內在的話，總得顧及視覺要素才行，這是不容否定的事實。再說，我的內容物又沒好得能拿出來對別人炫耀。最重要的是，外表是戀愛時影響最大的要素之一。

好好打扮外表吧。我這麼想。雖然慢了將近二十年，還是必須慢慢補回來。

同學會就在兩星期後。這兩星期的時間，我都花在改善外表上。

隔天，吃完簡單的早餐，我就上網查詢美容院、彩妝補習班和美體沙龍的資訊，一一送出預約。接著去書店，買下各式各樣時尚雜誌和美容情報雜誌，像準備應考的考生一樣花兩天時間熟讀。某種程度學會髮型與化妝方式後，接著前往服飾店，參考店員的意見蒐羅衣服和鞋子。

全部加起來花了一筆相當驚人的錢，但我終於找到金錢的使用方法，反而鬆了一口氣。反正錢又無法帶去另一個世界。

總之想得到的都嘗試了。不吝嗇花錢，也不恥下問，為了漂亮而努力。為了讓還記得我的某個誰會因此對我產生好感。為了讓實際上可能存在的「他」不對我失望。

我一定是腦袋壞掉了。

這兩星期，我的外表出現戲劇性的變化，一方面也是因為原本實在太糟糕吧。不過，在故鄉鎮上不經意看見鏡中自己時的嫌惡感已經消失了。也許還不是什麼美女，至少現在外表還算符合年齡。

原本我學東西就很懂得要領，擅長從手邊有的條件中導出最適當的解法。掌握一定程度訣竅後，化妝和搭配衣服都難不倒我了。化妝這件事就像畫油畫，把自己的臉當成畫布即可。搭配衣服則可以解釋為重視季語的俳句創作，這麼一來就不以為苦了。撇除扭曲的情感，提升外表這件事本身只有樂趣可言。我終於能理解把薪水大半投入美容的人是什麼心情。

站在鏡子前面練習笑。我從以前就討厭自己的笑容，沒來由地擔心自己的笑容會讓他人不愉快。

這樣的不安也總算消失。我試著對著鏡子裡的我展現沒有心機的笑容。

現在就能勇敢去見「他」了。我這麼想。

✦

就這樣，那天來臨。

詳細情形請容我略過不提，只陳述結論。

沒有一個同班同學記得我是誰。

聚會從頭到尾，我都獨自坐在角落小口啜飲喝不習慣的酒。

回家路上，噁心得在路邊吐了。

這才終於恢復幾分正常。

我決定專心工作。

因為我只剩下這個了。

10　男孩遇上女孩

接下來的半年，我埋首於工作。

這時期經手的義憶，成果好得連我自己都懷疑。並不是因為對現實失去耐性（或現實對我失去耐性）後，增加了對虛構的執著。也不是因為意識到自己不久於人世，想留下活過的證據。提高工作品質的導火線，是新型ＡＤ造成的「遺忘」。

我們容易以為記憶喪失也會令創造力下降，其實正好相反。「遺忘」對創造義憶這件事帶來的是正面影響。不會奪走知識，只會奪走經驗的新型ＡＤ對我這種類型的創作者而言宛如神助。對引用自身經驗組合成義憶的技師來說，這種症狀無疑是致命傷，但是對我這種從零開始創造義憶的技師來說，遺忘自身經驗問題不太大。別說問題了，反而幫助我脫離狹隘的視野，破壞既有概念，還能獲得客觀性，解放工作記憶體進而提高處理速度……只有好處沒有壞處。

或許跟藝術家們愛好抽菸喝酒的原因一樣。只要是倚賴靈感的工作，遺忘有時是一種很好的武器。因為這樣，不管是第一百行還是第一千行，對我們而言永遠都像剛下筆寫的第一行。大人的自由與兒童的自由得以同時成立。

如果自我認同依據的是記憶的一貫性，那我正一天比一天更接近不是任何人的誰。那年初冬，我已經把自己視為設置在委託人與義憶中間的過濾裝置。這或許極度接近某種創作者的理想狀態「滅私」。和經過鍛鍊獲得的「滅私」境界不同的是，這現象只是我這個人名符其實逐步消滅的過程中產生的副作用。那年還沒過完，十八歲前的記憶已喪失殆盡，留在我身上的我不滿一成。

十六歲成為義憶技師後，一直都在家工作的我，十九歲秋天開始漸漸去辦公室露臉了。總覺得自己一個人待著好像快發瘋。可是，誰教我過去愛裝高冷，現在就算去辦公室也沒有一個同事會跟我打招呼。不過，只要感覺得到身邊有人就足夠。只要一點就好，我想體驗那種自己隸屬於何處的感覺。

我隱瞞了生病的事。因為最害怕的是接不到工作，要是那樣，我這個人的存在就失去意義了。我將失去在這個世界上的容身之處。只要不說，新型AD的症狀不會被發現。看到一收假回來就積極投入工作的我，同事們頂多只會認為「久違的休假讓心情轉好了吧」。

只有一次，我被約去參加聚餐。那是聖誕節前幾天的事。戴著頭罩式耳機對著電腦默默工作時，背後有人拍我肩膀。回頭一看，是其中一位同事——二十幾快三十歲的女生，名字忘記了——語帶顧慮地說著什麼。內容聽不清楚，但從嘴型可看出她說的是「不好意思，現在方便說話嗎？」我拿下耳機，轉身面對她。

那位同事說，等一下幾位同事要一起聚餐，不嫌棄的話妳也一起來嗎？我錯愕地凝視她好一會兒，環顧四周確認她真的沒約錯人嗎？可是，當時辦公室裡只剩下我們兩人，她的眼神也明確對著我的眼睛。

說不高興是騙人的，可是我不假思索地回答：

「謝謝妳，但我有好幾個過年前一定要完成的工作……」

盡可能堆出討好的笑容（不、那或許是自然而然展現的笑容），我婉拒了她的邀約。同事笑得有點遺憾，關心地說「要注意身體喔」。

走出辦公室時，她對我輕輕揮手。我猶豫著是否也該朝她揮手時，她已經關門離開了。

我放下舉到一半的手，支在桌上托腮。不經意往窗外一看，不知不覺中下雪了。就我所知，這是今年第一場雪。

同事最後對我說的那句話，始終在耳朵裡迴盪，適度刺激著耳膜。「要注意身體喔」。光是這句話就讓我高興得要死，光是這麼一句話就能得救的自己也悲哀得要死。

一如即將餓死的人已不存留消化能力，我也沒有接受別人好意的餘力了。說不定剛才那是我人生最後一次的機會，可是就算真的是，我想自己也無法好好運用這個機會。所以不管怎麼說，結局還是一樣。

✦

希望直接對話。這是最後一個委託人的要求。

這絕不是什麼稀奇的事。擔心只靠「履歷表」的情報不夠周全，希望直接與義憶技師見面傳達要求的委託人多如牛毛。大部分人都認定自己最懂自己想要什麼，所以會對內容提出各種指定。但是，就算義憶技師忠實遵守他們指定的內容製作義憶，滿意的委託人還是不多。他們會說，這裡確實反映了我的要求，可是還缺少關鍵性的什麼。這時人們總算了解，想正確掌握自己想要什麼，必須仰賴技術與經驗。我們都太習慣在不如己意的人生中壓抑自己的願望，如果想把沉在內心深處的願望打撈出來，必須經過專業訓練才做得到。所以，委託人和義憶技師直接對話沒有太大好處，壞處反而更多。

然而，我反對義憶技師與委託人見面，乃基於另外一個觀點。主要的原因是，我認為那麼做，會在義憶中摻入雜質。假設委託人與身為義憶技師的我見面，知道了我是個什麼樣的人，日後他們回想義憶時，連帶就會想起我的事。義憶中義者的言行舉止背後，都有我如影隨形。「說到底義憶還不就只是被創造出來的東西」，這樣的想法會屢屢在委託人腦中加深。

那不是我樂見的事。義憶技師充其量只該扮演好幕後工作者的角色。盡可能不要露臉，不要說多餘的話，假如真的必須面對大眾，也絕對不能展現透過義憶輕易就能想像的人物形象。此外，義憶技師的舉手投足最好都帶點非現實性。我們提供給委託人的是一種夢想，身為前往夢想國度的引路人，我們不能表現得像個普通人。

基於這樣的信念，我向來的方針便是不與委託人直接見面。可是，四月下旬收到的一封信大大搖撼了我的信念。我想和這個人實際見面談一談，那封信的文筆充滿令我這麼想的魅力。每個單字詞彙都經過嚴格挑選，以最適合也不過的方式排列組合。不只如此，還巧妙隱藏了那些精雕細琢，讓人一點也感覺不出「這是一篇經過縝密思考寫出的文章」。如果不是以書寫創作為業的人，肯定只會覺得那是一篇通順好讀的文章。我至今收過許多委託人寄來的信，還是第一次遇到讓人抱持如此好感的對象。

儘管這位委託人是一位高齡女性，她對義憶技師這麼嶄新的職業卻有正確的理解，並充分展現對這份工作的敬意。她的興趣是到處找購買義憶的人聊天（她在信裡寫道：比起「實際上發生過的事」，我對「應該要發生的事」更感興趣），在那過程中聽說我的名字。

她對我創造的義憶寫下不少感想，那感想精準得驚人。她稱讚的部分，都是我特別致力描繪的地方，連委託人本人的感想都沒有這麼仔細。

我想跟寄這封信來的人見面。竟然有能對我工作方式理解至此的人，光是能直接和她見面就是一件特別的事。我按照信中的電郵地址回信，約定五天後見面。

這位委託人在信中說，因為是非常難說明清楚的事，如果我不介意，她希望能在診所以外的地方碰面，對於如何難說明清楚則隻字未提。我沒想太多就答應了，畢竟關於義憶，每個人或多或少都認為有難以說明清楚的地方。

當天，我前往對方指定的飯店，在咖啡廳等委託人來。說是飯店，其實是間鄉下地方的偏僻旅館，屬於建築物的所有東西都髒髒舊舊的，地毯全面褪色，一坐下去椅子就發出可怕的嘎吱聲，桌巾上有明顯污漬。以這個價錢來說，咖啡倒是非常美味。不知為何，這空間令我想起小時候去過無數次的醫院。我閉上眼睛輕聲低喃，真是令人安心的地方。

委託人於約定時間前十分鐘抵達。她說自己七十歲，外表卻比實際年紀還老。身材乾癟瘦小，每個動作都非常不穩定，光是坐上椅子都很吃力似的。我擔心這樣無法好好對話，但這卻是多慮。一開口，她就用硬朗又清楚的聲音說話。

委託人首先鄭重感謝我專程前來。她腳似乎不好，擔心在不熟悉的路上沒法好好走路。我一說「很棒的飯店」，她就像自家人受稱讚似的高興點頭。接著，再次詳細描述了對我作品的感想，表達得比信上寫得更熱情，我只能不斷低頭，誠惶誠恐道謝。我對當面被人稱讚的事沒有免疫力。

說完一遍感想後，她正襟危坐，先清了清喉嚨，進入正題。

從皮包裡拿出信封放在桌上，信封有兩個。

「一份是我的，另一份是我先生的『履歷表』。」委託人說。

我輪流看了看兩個信封。

「是想委託我製造兩人份的義憶嗎？」

我帶點困惑地問，她緩緩搖頭。

「不、不是那樣的。外子已於四年前離世。」

我慌張地為自己的失禮致歉，她又打斷我說：

「想請您製作我與外子的義憶。」

我稍微思考了一下兩者有什麼不同。像被出了一個謎語。

委託人一隻手愛憐地放在信封上，開始說明：

「我和外子六年前在這鎮上相遇，瞬間墜入情網。用老掉牙的方式來說，那對我們而言堪稱命運的相逢。和幾乎所有命運的相逢一樣，除了自己之外，我們的戀情看在別人眼中只能說平凡又無趣。即使如此，與外子在一起的兩年時光，遠比遇到他之前的六十幾年歲月更有價值。」

她似乎沉溺於回憶，隔了好一段時間才又繼續：

「我們相互傾吐所有的事，從出生到這世上到現在，所有記得的事都說。能告訴彼此的事說完時，我們再次確定這是命運的相遇，卻也同時墜入絕望深淵。為什麼這麼說呢，因為我們的相遇實在太遲了。」

她低垂視線，像努力忍耐什麼似的握緊雙手。

「並非因為我們已經是老人。而是相遇有它應該發生的時機，我們錯過了一次。

具體來說，我和外子本該於七歲相遇。一旦錯過那個瞬間，就算能在十幾歲或二十幾歲相遇也和現在沒什麼不同了。無法挽回。正因為已抱持放棄的心情，到老才相遇這件事或許反而幸運。」

接著，她告訴我想委託的內容。

「如果我們能在七歲那年相遇的話。希望您能替我們重現這假設的過去。把實際存在的人物嵌入義憶違反義憶技師倫理，這我非常明白。可是，就算這樣還是希望您務必接下這份委託。」

她意志堅定，語氣堅持。我握著咖啡杯愣住了，委託人用眼神朝桌上兩個信封示意。

「像您這麼高明的義憶技師，讀了這兩份『履歷表』，一定能理解我的意思。」

我無言點頭，小心翼翼伸手拿起信封，收進提包。

「今天說的話，您也可以當作沒聽過。不過，如果您願意接受委託，我會支付正規費用的五倍報酬。」

這麼補充後，她優雅地瞇起眼睛。

「只要發揮妳往常的水準就夠了。」

委託人離去後，我從提包裡拿出「履歷表」，當場讀起來。本來「履歷表」是不能在人前讀的東西，但這既不是正式委託，她那句「妳讀過之後一定能理解我的意思」也讓我好奇不已。

她的人生就像她的文體，給人細心又舒服的感覺。儘管稱不上最棒的人生，但也是盡其所能的人生了。在她的人生中，有著自身潛力極限被打敗後才得以成立的失敗美學。遇到她丈夫前，她已默默為自己的生活方式做出不容人置喙的定論。那是生病之前的我幾乎視為理想的生活方式。「履歷表」製作於兩人相遇不久後，我因此無法得知那之後她的人生產生什麼變化，真是太可惜了。

一轉眼，我讀完委託人的「履歷表」，沒加點咖啡而是點了一個巧克力蛋糕，迅速吃光它，再開始讀委託人先生的「履歷表」。才剛讀完三分之一，已經理解委託人的意思了。

她說得沒錯。這兩人確實該在七歲相遇。不能比那早，也不能比那更晚。必須剛好是七歲才行。

如果他們在七歲那年相遇了，一定會成為世界上最幸福的男孩與女孩。在非常短的期間中，女孩擁有正好能插入男孩內心鎖孔的鑰匙，男孩擁有正好能插入女孩內心鎖孔的鑰匙。當他們插入彼此內心的鎖孔時，兩人之間出現的會是完美的協調。

然而，現實是兩人沒有在七歲那年相遇。結果，超過半世紀後他們才相逢，那時手上的鑰匙都完全生鏽了。一輩子在錯誤的鎖孔中嘗試，鑰匙也磨損得很嚴重。即使如此，兩人仍明白彼此手上的鑰匙能解開過去自己心上的枷鎖。

換個角度看，這或許仍是幸運的。畢竟也有終其一生兩人都無法相遇的可能性。

但是，我還是認為，兩人這太遲的相遇是世界上最殘酷的悲劇。

我接受了她的委託。一如委託人所說，將實際存在的人當作義憶中的角色使用違反義憶技師的倫理規範。要是這種犯規行為被發現，我的立場會很危險。可是，我才不管這麼多。反正命都不久了。在這短短的餘生中，再次接到這麼值得挑戰工作的可能性近乎零。不只如此，我對前來委託的老婦人懷抱一股親切感。曾是身為「沒有男孩的女孩」一員的我，我願意做任何為她帶來救贖的事。

好久沒遇到這麼振奮心情的題材，我非常激動。為該相遇卻沒有相遇的兩人捏造相遇的過去。就某種意義而言，是我對這個世界運作方式的抗議。說得更清楚一點，這是復仇。那兩人本來應該是這樣的，我提出了代替方案。如果由我來安排，那兩人的命運一定能運作得更美好。像這樣放了馬後炮。總之，我只是想找世界的碴。透過這種行為，間接但痛快宣判不能拯救我的這個世界有罪。

說不定在另一個平行世界裡，沒當上義憶技師也沒罹患新型AD的我，未來就是那個委託人。我忽然這麼想。然後對自己這天外飛來一筆的念頭嗤之以鼻。最近我愈來愈分不出自己與他者的分界，或許我的大腦已經開始分崩離析。

這份工作做得很開心。我捏造出命運的相遇，在現實可能發生的範圍內導出對兩人最棒的答案，拯救了平行世界裡委託人的靈魂。彷彿回到過去，介入命運，改寫歷史。

一個月後，義憶完成了。第一次嘗試將兩人份的「履歷表」融會貫通，製造出一人份的義憶——或許正因如此——這成為我義憶技師生涯最高傑作。我暗自將這份義憶取名為「男孩遇上女孩」。

完成之後的義憶未經「編輯」之手直接寫入奈米機器人，郵寄給委託人女士（這時我還不知道她已經因為腦中風死去）後，我進城喝酒，大喝特喝了一場。爛醉的我勉強沒有嘔吐回到家，想躺下來就朝床鋪踉蹌走去，途中踢到桌子跌倒，手肘狠狠碰撞，哀號了好一會兒。沒有力氣站起來，就這麼閉著眼睛趴在地上。

那是毫無疑問的傑作。就算我還有和一般人一樣長的壽命，今後也不可能再製造出比那更好的義憶。一生只能發生一次的奇蹟，我就用在這裡了。若說我還算有點才華，那大概也已經用光。現在的我完全喪失繼續工作的意願。

已經可以去死了。我心想。做出最高傑作後死去，在職涯最高峰時人生落幕。對創作者來說，沒有比這更理想的死法。速食餐廳廚師也有速食餐廳廚師的自尊，不管別人說什麼，我都為這份工作自豪。

可是，怎麼死？上吊、溺死或開瓦斯都盡可能不要。氣喘時代的記憶雖然早已喪失，肉體還懇切地控訴著「至少死的時候不想再那樣喘不過氣了」。這麼一來，就是跳樓嘍。撞火車也不錯。會給別人造成困擾也沒關係，活人罵的話死人聽不到。

閉著眼睛思考時，沒來由的，一股全身爬滿蟲子的感覺襲來。我睜開眼睛環顧四周，把牆壁和天花板的白色深深烙印眼底，好驅除黑色的不安。最近我很怕黑，那是一種生理上的，對與死亡相通的事物發出的恐懼。即使已經做好死亡的心理準備，肉體還在抗拒，對死亡的恐懼將糾纏我到最後一刻。

為了轉換心情我翻個身，一份掉在地上的「履歷表」映入眼簾。原本放在桌上的這個，剛才踢到桌子時掉下來了吧。

個人資料欄上貼的大頭照莫名吸引我注意。

是個年輕男人。和我同年，生日也很相近。這麼年輕就買「Green・Green」的客人很少見。看他讀的是不錯的大學，外表也長得不差，到底對現實有什麼不滿？

伸出手撿起這份「履歷表」，翻身仰躺讀了起來。才讀幾行，我就像被雷打到似的大受衝擊。

終於找到了。

與我懷抱相同絕望的人。

與我受同樣空虛折磨的人。
與我被同樣幻想附身的人。
應該要在七歲那年與我相遇的人。
天谷千尋。對我來說，他正是我的極致完美男孩。

✦

那天我就打定主意，要為我自己製造一份「男孩遇上女孩」。

✦

我不覺得自己在寫一個故事。我只是像在回想過去一樣，自然就寫出來了。我的十根指頭像自動記錄裝置自己敲起鍵盤。這也難怪了，畢竟那是我從懂事起一點一滴構思編排出來的內容。就像拼布工藝，把至今見過的故事與詩歌中自己喜歡的片段拼湊起來。即使表層記憶消失，對事物的偏好與選擇早已深深烙印在我精神深處。我只要將那些東西適度調配再寫出來就好。

如此寫出來的義憶，卻是我至今創造過的義憶中最拙劣的作品。並非新型ＡＤ破壞了我身為義憶技師的才華，主要原因是，這不是屬於別人，而是為我自己創作的義憶。

我認為製造一個優秀的義憶，最重要的條件是對委託人貫徹冷靜視線。把情感投射在委託人身上當然也很重要，但是與此同時，義憶主角也就是委託人必須從頭到尾都與我無關才行。為什麼這麼說？因為人只有在面對自己的事情時無法冷靜思考。一旦義憶技師完全化身為委託人，天馬行空的想像就會瞬間消失。作品的世界將充滿無聊的和諧。因此，就算要把情感投射在委託人身上，也一定要保持隔岸觀火的距離。現在，我等於完全打破這個禁忌。

即使如此，我還是完成了「男孩遇上女孩」。即使粗糙，那仍是投入純粹祈求的義憶。假設對外公開這部作品，一定沒有人會給予好評。因為這個作品過度滿足心願，只想到自己，而且太幼稚了。不過這樣也沒關係。不需要別人認同，這是為我創作的故事。

我創造的「男孩遇上女孩」不止一份。除了從天谷千尋角度出發之外，同時還以夏凪灯花（我把本名的「松梛（MATSUNAGI）」換掉一個子音，改成怎麼看都很有女主角氣勢的形式「夏凪（NATSUNAGI）」）角度完成另一份腳本，植入自己腦中。所以據說義憶對新型ＡＤ具備一定程度的承受性，比原本的記憶更不容易遺忘。所以這麼一來，當症狀進入最後階段，我自己原本所有的記憶都消失後，「夏凪灯花」的記憶還會留存一段時間。

到那時候，我就成為真正的「夏凪灯花」了。

剛開始，我只打算在天谷千尋的「Green・Green」裡偷偷加入一點我的片段，除此之外不多做其他。就算現實中沒有實際關係，只要世界上某處有人想著我就夠了。只要知道這件事，我就能安心死去。

可是，人的欲望無窮。一想到可能在遠方為我獻上祈願的他，我槁木死灰的心就重新點燃小小的火光。就像我需要他一樣，他說不定也需要我。不只是在回憶中，他或許也祈求在現實中與我建立關係。這樣的期待在我心中不斷膨大。

五月底，一個星光燦爛，心情愉悅的夜晚，我擬定了「青梅竹馬計畫」。

打算將虛構變成真實。

我要以夏凪灯花的身分去見天谷千尋，實現長年來的夢想。

為了成為一個有人愛的女孩死去，我要獻上剩下的所有。

如此下定決心。

當然，要實現這件事伴隨許多艱難。天谷千尋當然知道他腦中那些與夏凪灯花共度的歲月出於虛構。要讓他產生義憶為真的錯覺，我必須完美扮演這個名叫夏凪灯花的義者。要讓他渴望夏凪灯花到自己竄改記憶的地步。成功的可能性很低。

即使如此，我仍認為值得一試。也認為我有那個資格。我決定賭一個奇蹟。

單方面把陌生人扯進來的「青梅竹馬計畫」，就這樣正式展開。最早決定的是相遇的季節，我認為應該是夏天。那一天，在故鄉重現命中注定的重逢。此外，我打的另外一個主意是，這樣就能有多點時間準備，讓天谷千尋心目中的夏凪灯花更有存在感。

到夏天還有大概兩個月的準備期。剩下的時間一秒鐘都不能浪費。我向診所坦白生病的事，辦理離職手續，種種手續結束後，我重新展開去年夏天整頓外表的工程。這次做得比上次更徹底，也比上次有著更明確的目的。至少，我希望自己盡可能接近他的理想，讓自己在他眼中盡可能像個「女主角」。短暫也無妨，死去之前，我希望談一場美好的戀愛。

計畫設立時，預計的是梅雨過後就見面。但我希望見到他時自己沒有一個地方不完美，計畫延了一個星期又一個星期。要是計畫實行前死掉的話，那就什麼都別提了，這我當然知道。但是或許生活過得起勁的關係，新型AD的病況暫時緩解，沒有繼續惡化。

我離職後不久就聽說診所破產倒閉的消息。據說是投資設備失敗等不走運的事連番發生的結果。雖非出於預期，我正好提早跳下即將沉沒的船隻（那間診所原本就可說是靠我維持經營，或許我的離開成為壓垮駱駝的最後一根稻草也說不定）。這對我來說倒是好事，今後即使天谷千尋對義憶產生某些疑惑，想找診所詢問時，診所也已經倒閉了。雖說病歷有幾年期間的保存義務，也不是無法申請調閱，但那得經過一番非常複雜麻煩的手續，就算他真去申請了，在申請到之前至少可以多爭取一點時間。我唯一掛記的，是曾邀請我一起聚餐的那個同事。

七月底，我的身心終於達到自己要求的水準。我的心比高中時代更滋潤，身體比高中時代更年輕健康。回想起來，十幾歲的我埋頭工作，忽略了飲食生活，也沒有好好運動和睡覺，看上去比實際年齡老多了。那時的我眼睛總有血絲，嘴唇乾燥，手腳瘦得像骷髏。不過生活過得也很開心，我並不想否定當時的生存之道。也不是沒想過，要是我天生就有現在這種程度的外表，或許能走上更幸福的人生。但是那樣的話，我大概不會成為義憶技師，也無法實現在茫茫人海中找到極致完美男孩的心願。所以我不恨自己的命運。

利用天谷千尋打工時間完成搬家工作的我，隔天穿上浴衣去了鎮上。都這把年紀了，以前從未穿過浴衣，得趁現在趕快適應才行。

浴衣和髮飾，選擇跟上次造訪故鄉時看到的女孩子一模一樣的款式。深藍底色上有煙花圖案的浴衣，以及小巧的紅色菊花髮飾。明明也沒有要見誰，連頭髮都仔細做了造型。因為我想「夏凪灯花」應該會這麼做。只要是身邊有個會把自己從頭看到腳的男孩，女孩都會這麼做。

搭上電車後過了一會兒，我發現車內除了我之外，還有不少穿浴衣的女孩。看來今天鎮上哪裡正在舉行祭典。我和她們一起下了電車，跟在浴衣團隊後面走。一邊跟穿不慣的木屐搏鬥，一邊心想簡直就像重複了去年那一天。不過，這次和上次有一點決定性的不同。那就是，這次我預設的對象不是幻影。

那是一場大規模祭典，為整個城鎮帶來熱鬧氣氛。色彩繽紛的燈籠與旗幟把馬路妝點得近乎俗豔，人群化為彷彿具有自我意識的巨大蠢動生物。無數的太鼓聲像雷雨，蓋過刺耳的蟬鳴。馬路旁神轎列隊，在身穿藍色祭典短衣，額上綁著頭巾的抬轎手們吆喝聲下左右擺動。

令人目眩的熱度，使我停下腳步佇立。對現在的我來說，這類粗獷的生命脈動太刺激了點。

即使如此我仍沒有轉身背對這場夏日喧囂。撥開熙熙攘攘的人群，腳步不停歇，簡直就像前面有人在等我會合一樣。

漸漸地，我在某種引導下來到神社。打從一開始我就知道，事情會變成這樣。

我再次心想，如果真有所謂命中注定的重逢。

那這裡正是最適合的舞台。

和那天一樣，我在神社裡徘徊。找尋應該已在義憶引導下和我一樣來到神社的天谷千尋。

就這樣，素未謀面的兩人重逢了。一度擦身而過，可是前進幾步後驀然回首，確認彼此身影。

我世界的齒輪，在這個夜晚終於準確咬合。

最大的失策，是天谷千尋這個人近乎強迫地對虛構過敏。成長於典型功能不全家庭的他強烈憎恨義憶，因為義憶是導致他在那種家庭成長的原因也是結果。那樣的憎恨比他內心追求極致完美女孩的渴望多了一點。即使再怎麼符合他喜好的事物就在眼前，只要其中摻有一絲虛構成分，他就會拒絕。

這種程度的事，其實從他的「履歷表」就能看得出來。然而我卻看漏了。儘管把天谷千尋的半輩子熟讀到能夠背誦，我卻忽略了那根幹部分。眼中只看到他的人生和我的人生相似的地方，輕忽了最該優先解讀的東西。

可是，這或許是無可奈何的事。面對每分每秒都在逼近的終點，要我在這種狀況下冷靜判斷才真是強人所難。當時的我不夠從容到去想像任何對自己不利的現實。再說，戀愛往往使人盲目。

他訂的「Green · Green」其實是在諮商師太快做出結論下的錯誤處方，實際上要訂的應該是「忘川」。要是我早點知道這件事，事情後來應該會有不同發展吧。可是，診所方面得知這個消息時，我已經辭去工作，離開職場了。怎麼也沒想到，一個會想買「Green・Green」的人竟然憎恨虛構。我一心認定他和我一樣，是祈求重回青春時代的青春喪屍。

即使如此，如果天谷千尋只是一個厭惡謊言的人，或許還有辦法應付。使問題變得更複雜的是他的個性。眼前的狀況愈理想，他愈會起疑心，天谷千尋就是這種類型的人。一般人或多或少傾向把事物朝對自己有利的方向解釋，他正好相反。無論面對任何事，他都會先想像最糟糕的狀況（如果我能保持平常心閱讀他的「履歷表」，這種傾向也早該看出來了才對）。

天谷千尋愛上了我扮演的「夏凪灯花」，這點毫無疑問。然而同時，他也堅決抗拒承認自己的情感。或者，就算承認了自己的情感，也會用一時意亂情迷來解釋。對他而言，希望只不過是失望的種子，為了保持精神上的均衡，必須徹底排除那些東西。這已經不是他相不相信我的問題，在那之前，他根本懷疑幸福本身是否存在。就像生病前的我連寂寞都感覺不到，他連作個幸福的夢都沒辦法。

仔細想想，要是我處於同樣情況下，應該也會做出與他相同的反應吧。怎麼會有這麼好的事碰巧發生在自己身上。自己怎麼可能這麼幸福。既然不可能，那就表示背後有鬼。眼前這個人一定會在給我短暫的夢想後，將我推落地獄最深處。所以絕對不能掉以輕心。

我每天回到自己住的地方都在抱頭苦惱。到底要怎麼做才能突破天谷千尋那麻煩的雙重防護牆。要怎麼做，才能讓他同時相信謊言與幸福。果然還是得花時間腳踏實地累積信賴感吧。但是我已經沒有那麼多時間了。從病情這幾個月的進展看來，我將隨著夏天的結束失去一切。不只記憶，也包括生命。

我也許做得太過火了吧。乾脆不要努力變成漂亮的女生，在擬定計畫時就該用原本難看的外表去見他。經過五年的歲月，變得與記憶中完全不一樣的「夏凪灯花」，一開始就該讓他看到那樣的我而失望才對。這麼一來，至少他不會戒備到現在這個地步，反而因此產生親切感，我也能多出兩個月時間培養信賴感。

只要持續扮演一個符合他需求的青梅竹馬，總有一天他也會成為符合我需求的青梅竹馬，這麼想的我太天真了。然而——我現在才發現，自己採用的是「北風與太陽」故事中的北風策略。

事到如今已無法回頭，時間不能重來。

到底該怎麼做才好呢？

親手做的菜被他當面倒掉時，不可思議的是，我一點也不生氣。我心想，這一定是我應得的懲罰。想獲得自己不配獲得的幸福，利用義憶技師的立場闖入別人記憶，破壞他平靜生活的報應。

打從一開始就什麼都錯了。我不該走出虛構。不該奢望與他人交流。我只要當自己微型國度裡的國王，從頭到尾都一個人自我圓滿就好。那麼一來，就不會給任何人添麻煩，自己也不會這麼傷心了。

從天谷千尋的表情能夠輕易知道，他不是真心想做出這種事。他只是為了守護他的世界，非得跨越「夏凪灯花」這個象徵不可。把倒掉料理的空盤遞給我時，他的聲音聽得出激烈的慌亂。為了砍傷我而一把揮下的刀刃反彈，傷到他自己了。

可是，不管怎麼說，現在都是收手的時候。因為他的舉止，我的心已承受無可修復的損傷。不想繼續演下去，覺得自己連一秒都無法再忍耐他對我展現的敵意。

即使如此我仍擠出最後一絲力氣，扮演「夏凪灯花」直到離開他家前的最後一刻。回到自己家，我把臉埋進枕頭不出聲地哭泣。

到最後，我發現自己無法滿足任何一件事。付出那麼多血汗努力，最後得到的只是被最愛的人拒絕的傷悲。我多希望自己死前不要知道這種事。

之後我放棄再去見他，一步也不踏出家門。我也不再幻想，不擬定任何策略。小聲聽唱片，一個勁兒盯著雨看。絞盡最後一滴希望之後，情緒竟不可思議的平靜。對餘生沒有任何期待的現在，已經沒有什麼能攪亂我的心。就像結束長途旅行，坐在回程搖晃的火車上那種舒適的倦怠感，我靜靜等待審判之日來臨。

我的旅行即將抵達終點站。

一星期後，我在陽台上發現蟬的屍骸。

那天，我被風聲吵醒，颱風似乎快要來了。我站在窗邊，遠望受風雨肆虐的街景。激烈的風吹得行道樹左右搖擺，彷彿就要腰折。店頭的直立招牌橫躺在地，花圃裡的花飛得到處都是，自動販賣機旁的垃圾桶翻倒。像是有人想藉由這種破壞行為重新編排世界。我鉅細靡遺地觀察眼前這片景色，然後發現陽台地板上小小的蟬屍。

這位前來告知夏天即將結束的使者，規規矩矩死在陽台正中間。牠是特地從後面的林子裡飛來，選擇這裡作為牠死去的地方嗎？還是在強風吹拂下失去駕馭身體的能力，身不由己地在此迫降。或者牠只是想在這裡等待暴風雨離去，卻因陽壽已終，壯志未酬身先死。

我盯著蟬的屍骸，想從中讀取牠帶來的訊息。八月已經過了一半，這場颱風過後，蟬的數量恐怕將銳減。會是蟬聲先結束，還是我的生命先結束呢？可以的話，我希望能在還聽得見吵鬧蟬聲的期間死去。那樣似乎比較能排解寂寞。

這時，我不經意地發現。

哪有必要乖乖等待死亡來臨呢。

等不及的話，自己主動迎上前去就好了。

回想起來，幾個月前我就下過一次決斷了。想在做出畢生最高傑作後自我了結，卻因看見天谷千尋的「履歷表」才臨時改變計畫。要是沒有看見那個，我那時早就自殺了。

現在，我再次考慮這個選項。就算繼續這樣活下去，我也不能做更多事了。反正不管做什麼都只會收到反效果，想擁有快樂的餘生是不可能的，光想都浪費時間。既然如此，不如早點自我了斷。趁著內心還算風平浪靜時。

睽違一星期走出家門。門一打開，風雨直接撲面而來時，我的身體某處發出小小的警訊。喉嚨深處發疼。應該是氣喘時代留下的後遺症吧，身體還記得颱風接近時就會嚴重發作的事。

我撐傘踏進雨中。風這麼大，傘可能不久就會被吹壞，但我無所謂。今天的我不用考慮回程的事。

一開始就決定好目的地了。想在這附近找能跳樓或撞電車的地點原本就很有限。比起撞電車，我認為從高處往下跳更適合自己。我聽說跳樓至少要從四十公尺高的地方往下跳才必死無疑。這麼一來，符合條件的自然只剩下離公寓三十分鐘路程的國道旁大樓。

我朝那裡走去。

那是一棟舊大樓，逃生梯旁只設置了做做樣子的圍欄，就連身材比較矮小的我都能輕鬆翻過去。沒看到防盜監視攝影機，就算有，我只要五分鐘就把事情辦完了。拜颱風之賜，幾乎沒有人出來走動，不用怕翻越圍欄被人看見盤問。

我一階一階踩著水泥階梯往上爬。大概長期沒有打掃，階梯上長出一層薄薄的青苔，下了雨更濕滑。雖然希望能在晴朗的日子裡往下跳，又擔心等待天氣變好的時間太長會動搖決心。再說，睽違一星期看到藍天時，漫長雨季帶來的平靜豁達心態說不定會消失。這麼說來，果然還是今天最適合。

爬上十五樓，我彎腰扶著大腿喘氣。和樓下比起來，靠近最高樓層的階梯乾淨多了，沒長青苔也沒有發霉。不再氣喘吁吁，體溫也降下來後，我抓住逃生梯扶手。手臂用力，正想往外跳時，忽然看見有什麼掉在腳下。

蹲下來撿起那東西。是煙花。便利商店或超級市場賣的，拿在手上點火的仙女棒型煙花，掉了一根在地上。大概是住這棟大樓的孩子偷偷跑上來玩，剩下這根沒帶走。

我靠在牆上，臉湊近煙花，像聞花香那樣嗅嗅火藥的氣味。

灯花。這是我的名字，令人聯想到煙花的名字，很適合七月出生的我。

但是，好好用這名字叫我的人，幾乎一個也沒有。父母叫我時總用第二人稱代名詞，同班同學或同事叫我時則用姓氏稱呼。就算有人叫到灯花這個名字，必定連名帶姓叫我松椰灯花。所以我才會在義憶裡安排「他」無數次呼喊我的名字。可是，現實裡的天谷千尋只叫過一次這個名字。我們第一次交談時，語尾帶著問號喊了這個名字。只有這樣，根本不能算數。

或許這名字正暗示著我的命運。像煙花一樣，只在瞬間燦爛過後燃燒殆盡的人生。天上的煙花在夜空中綻放紅色花朵，名字像把煙花兩字倒過來寫的我則是即將往下降落，在地面開出一朵紅色的花❷。

這巧合還真諷刺，我忍不住笑出來。撇開演戲時的笑容不提，已經很久沒笑了。這麼一來，心情反而有點輕鬆。

不知不覺中，風好像快停了。我朝扶手外探身，把手上的煙花彈下去。煙花依著重力往下掉，無聲落在柏油路面上。

好，接著就輪到灯花了。

光著腳，把脫下的鞋子排整齊，閉上眼睛，左手放在胸口做個深呼吸。最後，我在心中向天谷千尋道歉。對不起，我自私的計畫把你拖下水。

---

❷日文的煙花漢字為「花火」，火與灯意思相近，「灯花」的名字就像把「花火」倒過來寫。

我撿起煙花凝視思考的時間頂多只有十秒鐘。一個人漫長的一生中，十秒幾乎能算進誤差。多活十秒人生就變得完全不同，這種事連聽都沒聽說過。

可是，只有這次，這十秒大大改變了我的命運。

或者，是那支仙女棒煙花代替我墜樓。看在我們很像的分上，為我多爭取了這十秒鐘。

很久之後我才這麼想。

就在我從逃生梯扶手往外探身時，聽見某種電子聲響。

起初我以為是什麼警鈴的聲音。探測器終於發現我這個非法闖入者，或是某人覺得我形跡可疑報警了。可是很快地，我就發現聲音來自我衣服口袋。拿出手機，看到螢幕上顯示來電者的名字時，腦袋一片空白。

天谷千尋。

擦擦被雨打濕的眼睛，再確認一次。天谷千尋。

沒錯，是他打來的電話。

我陷入嚴重混亂。為什麼他事到如今還打電話來？該不會終於願意相信我的謊言了？還是終於發現我的真面目，做好檢舉我的準備了？兩者怎麼想都不可能。無論是相信謊言還是看穿真面目，他都不是會自己打電話來的那種人。他被動到了極點，只要我沒採取動作，他是那種會在自己找到的真相裡為整件事劃下句點的人。主動道歉或主動質問什麼都不符合他的個性。

思考停止幾秒後，我回過神來。總之得接電話才行。顫抖的手指想按下通話鍵，那一瞬間，手機卻從沾滿雨水與汗水的手裡滑落，從半空中往下掉。一度差點抓回來，然而手機只在我手上跳了兩下，看起來彷彿瞬間靜止於空中，隨後無情地掉下十五層樓高度。我重新穿好鞋子，用墜落般的速度往下衝，翻越圍欄，氣喘吁吁撿起手機。螢幕已經粉碎，按電源鍵當然也沒反應。

得搞清楚才行。我想。先搞清楚他打電話來的原因再死也不遲。

幸運的是，這種鄉下地方居然馬上攔到了計程車。司機問完目的地就默不吭聲開車了。路上很空，不要幾分鐘已回到公寓。我連找零都沒拿就下車，一口氣衝上三樓。

在那裡看見難以置信的光景。

天谷千尋站在我家門口死命敲門，呼喊我的名字。

他沒穿鞋，看得出跑出來時有多慌張。

似乎在那裡站很久了，全身都被雨淋濕。

不一會兒，我就明白發生了什麼事。

颱風的聲音，害他誤會我氣喘發作了吧。

他大概以為我現在蜷縮在屋裡動彈不得。

而他想來救我。

——真是個傻瓜。

我忍不住笑起來。

我坐在樓梯上，躲在他視野之外，聽背後傳來他咚咚敲門的聲音。

接著，仔細回想剛才耳朵聽見的話。

全身沉浸在幸福的餘韻中。

一股暖意慢慢湧上心頭，淚水不知何時沿著臉頰滑落。

視線模糊，眼前夏天的風景一片朦朧。

他叫了我的名字。

現在只要這樣就好。

敲門聲停止，我輕輕探頭，偷看千尋的模樣。

只見他靠在門邊牆上，一臉恍惚地吸菸。

風不知不覺中平息，雲縫灑落的陽光照在他臉上。

我吸吸鼻子，擦乾眼淚站起來。

做出最棒的笑容，悄悄走向他。

心想，再努力一下吧。

11　妳的故事

九月底，一個大信封寄到我手邊。裡面是灯花的「履歷表」，以及她寫的一封簡短的信。

我先看了信，再讀「履歷表」。信內容簡潔，坦言了她罹患新型AD的事，也對試圖利用義憶欺騙我的事道歉。和這封信比起來，「履歷表」內容龐大，花了我四小時才看完。

我廢寢忘食重讀了好幾次。就像她還是義憶技師時熟讀委託人的履歷表到能夠背誦的程度那樣。

一切答案都在裡面。這份「履歷表」寫下的時間應該是灯花十八歲那年，原本我只能想像她如何擬定「青梅竹馬計畫」，現在透過「履歷表」得知她的半生，那麼做的原因就不難理解了。

從一個叫天谷千尋的委託人「履歷表」中感受到命運的她，基於「兩人相遇於七歲」的假設創造了義憶，將義憶植入彼此腦中，為的是拯救回憶裡的兩人。不只如此，她還打算將這個虛構變成真實，出現在我面前，扮演我青梅竹馬的兒時玩伴。

剩下的時間，她想以「夏凪灯花」身分活下去。

這應該就是整件事的真相了。

真是個傻瓜，我心想。不必繞著圈圈用這麼迂迴的方式，只要把「履歷表」拿給我，說「我們是命中注定的兩人」就好了啊。只要一開始就讓我看她的「履歷表」，我一定會毫不保留愛上她。根本不需要靠虛構的記憶拉攏關係，打從一開始我們就是極致完美的一對。

直到最後她都相信虛構的力量，這令我感到悲哀。她太專注於追求肥皂泡泡般不確定的幸福，才會忽略眼前確實的幸福，這樣的粗心大意也令人同情。

最重要的是，我因為太怕受傷而沒能察覺她發出的求救訊號。我詛咒這樣的自己。

我做了無可挽回的事。

我本來應該可以，也只有我可以拯救灯花。我能百分之百理解她的孤獨。我能百分之百理解她的絕望。我能百分之百理解她的恐懼。對，我之所以沒有服下「忘川」，是因為服用假「忘川」時的經驗使我得知喪失記憶的可怕。那是一種害怕自己將不再是自己，彷彿世界從腳下開始崩落的無底恐懼。

而她一直在與那個對抗。在不依靠任何人，沒有任何人理解，也沒有任何人安慰她的孤立無援狀態下，懷抱祈求的心情持續等待我改變心意。

我卻那麼對她。

我應該要被灯花騙的。像那個叫岡野的男人一樣，即使遇到約會推銷，被騙買下昂貴畫作仍持續相信池田就是自己同班同學。我應該像他那樣把事物朝對自己有益的方向解釋才對。我只要被她玩弄於股掌之間就好。

再不然，我也應該要像江森徹底調查關於義憶的事。如此一來，哪天總會看到專訪灯花的報導。就算無法查得那麼清楚，至少我會知道世界上也有十幾歲的義憶技師存在，說不定靠我自己也能發現她就是我服下的「Green．Green」製造者。那麼，或許我就能幫她減輕一點孤獨、絕望與恐懼。

然而，我做出的卻是最壞的選擇。不但不相信她說的話，也不去積極解決心頭的疑問。只做了些可有可無的調查就擱置不管，放任謎團依然是個謎團。為什麼我會這樣？因為我怕被她騙，同時又不想從美夢中醒來。我想在不相信與相信之間的「說不定……」狀態停留久一點，待在絕對不會受傷的安全範圍內，裝作什麼都不知道的樣子享受灯花的愛。

現在她忘記了一切。連幾天前的事都想不起來，我和她共度的短暫夏日回憶在她心中已消失得不留痕跡。看到我的臉，她也認不出是誰了。

幾天前在公寓走廊再次見到她時，灯花朝我投射的視線，令我想起當年遇到已經服用「忘川」的母親時，拋棄與家人相關記憶的她朝我投射的視線。問灯花記不記得我，她只是抱歉地搖頭。

我甚至沒有產生「到底發生什麼事」的疑惑。

我只是心想，啊，自己又被重要的人遺忘了。

那天灯花帶著一個大包包離開，大概是回來準備住院要用的東西吧。我站在陽台上目送她的背影離去，很想追上前跟她說話，腳卻動彈不得。要是再承受一次她對我毫不關心的視線，我沒有自信自己還能保持冷靜。

再過不到兩個月，她連怎麼走路都會忘記。連怎麼吃飯都會忘記。連身體怎麼動作都會忘記。連怎麼應答都會忘記。連怎麼呼吸都會忘記。在那前方等著的，是無可避免的死亡。

就算我想道歉，該道歉的對象也已經不在這世界上。所以至少，我想把剩下的一切獻給灯花。我在心中發誓，不只這個夏天，我要將餘生毫不保留地用在她身上。即使在她離開這世界後也持續這麼做，直到永遠。

✦

雖然迫不及待想見到灯花，在那之前還是有幾件該先做好的事。我去美容院剪掉太長的頭髮，去城裡買幾套新衣。打造出令人想起義憶中「天谷千尋」的髮型與服裝。回公寓洗個澡，換上剛買的衣服，這才完成準備。

站在鏡子前盯著自己的臉看。最後一次好好照鏡子是什麼時候，我已經想不起來。和以前相比，現在的我表情少了幾分僵硬，當然是受到灯花影響的關係。

我搭上公車，前往她應該在那裡住院的醫院。晴空萬里無雲，使人熱得提不起勁的暑氣已消失，車內也很舒適。隨著目的地接近，車窗外景色愈發綠意盎然，公車沿著水壩邊的斜坡繞一圈後，穿過一條短隧道，在一片小向日葵花田前停車。我在這裡付了車錢下車。

公車離開後，一片靜寂籠罩四周。我佇立原地遠眺周遭風景。這是一片茂密林子圍住的土地，看得見零星幾戶已經老朽的民宅。冰涼的空氣裡有濕泥土的氣味。

醫院就在我們兩人騎腳踏車幾度造訪的公園對岸。其實我沒有灯花在這裡住院的明確證據，只是如果真的是這裡，那就能解釋為何她總是關注著這間醫院。

站在醫院大門前，不經意抬頭往二樓看，看見一個人站在窗邊。

我凝神細看那人的臉。

那是我的青梅竹馬。

我心想，這次一定要順利。

病房裡瀰漫著死亡的味道。不是屍臭或線香之類的氣味。應該說，在這裡的某種氣味會令人產生錯覺，讓人懷疑這是否就是死亡的味道。或者也可以說，這裡缺乏活人生活的空間裡必定會有的氣息。

灯花就在那裡。距離上次看到她才經過一星期，她看上去似乎又瘦了一點。不、或許是落在這房間裡的死亡陰影讓我這麼認為。

她站在窗邊，一如往常眺望窗外風景。身上穿的不是平常那套沒有圖案的白色睡衣，是泛白的藍色醫院病人服。可能尺寸不合身，袖子和衣襬都往上反折。腋下挾著一本藍色筆記本，大概是她現在的外部記憶載體，由此可見病情已進展得很嚴重。筆記本封面什麼都沒寫，附著一支便宜的原子筆。

我站在病房門口，出神看著灯花許久。她像是在病房裡找到安身立命的地方似的，待在這枯燥無味的空間裡顯得很放鬆。病房看起來也像自然而然接受了灯花的存在。

那協調的感覺帶給我強烈預感，她可能永遠不會再離開這裡了。而這預感恐怕是事實。即使她還有離開醫院的機會，到時她將恢復某個曾經是她的人。這麼一想，我就哀傷得無以自處。

灯花將迎向自己第二次的死亡。

我遲遲無法開口叫她，提不起勇氣介入她與病房的親密關係。此外，我也還想稍微像這樣拉開一點距離看她。因為這是我第一次看到一個人獨處的她。

灯花終於緩緩轉頭，察覺來訪者的存在。她歪了歪頭，撥開蓋住額頭的瀏海。盯著我的臉，以沙啞的聲音喊了我的名字。

「……千尋？」

並非尚有記憶。她只是從眼前的我身上找出與義憶中「天谷千尋」的共通點，自然而然做出推論罷了。就像灯花第一次近距離出現在我眼前時，我不假思索喊出她名字一樣。記憶中的情節與眼前狀況的相符，也有助於想像力的滋長。

非常自然地，我喊了她的名字。那聲音平靜得教人不相信出於我的喉嚨。就算不用刻意表演，我也已經成為「天谷千尋」。「夏凪灯花」的「男主角」。

「灯花。」

灯花用難以置信的眼神凝視我，那眼神像是在說，怎麼可能有這種事，一定搞錯了什麼。她環顧屋內，想找出安排整人惡作劇的人，可是在這裡的只有我和她。

她的表情非常疑惑。

「你是……誰？」

「天谷千尋，妳的兒時玩伴。」

我拿起疊放在病房角落的圓凳，放在床邊，自己坐了下來。可是灯花卻不離開窗旁，隔著病床用充滿警戒的視線看我。

「我沒有兒時玩伴。」她好不容易這麼說。

「那妳怎麼知道我叫什麼名字？剛才妳不是叫了我『千尋』？」

灯花輕輕搖了幾次頭，左手放在胸口深呼吸。接著像說給自己聽一般開口：

「天谷千尋只是義者，只存在我腦中的虛構角色。我的記憶因為罹患新型阿茲海默症，已經被連根剝奪。現在留在我腦中的只有假的記憶。我確實記得天谷千尋這個名字，但這也就表示天谷千尋不實際存在。因為義憶之中禁止使用實際存在的人物。」一口氣說到這邊，她再度對我提問。

「我再問你一次，你是誰？」

聽說新型ＡＤ只會奪走部分的回憶，看來這個說法是真的。與義憶性質相關的知識仍留在她腦中，正常的判斷力也還在。

這些我當然都料想到了。也曾考慮編個煞有介事的理由騙她，不過想了想還是決定不那麼做。

我想用和她一樣的方法讓一切重新來過。

用一模一樣的方式繼承她的「青梅竹馬計畫」，證明她這個主意沒有錯。

「我是妳的兒時玩伴，天谷千尋啊。」我再重複一次。

她無言瞪視我，像隻衡量與對方距離的野貓。

「無法相信的話，不信也沒關係。只要記住一件事就好。」我借失去記憶前的她說的話：「我會站在灯花這邊，不管發生什麼事。」

✦

苦思一整晚，灯花做出與過去的我相同結論。

「根據我的推測，你是個詐欺犯，目的是騙取我的遺產。」

隔天，一看到我她就這麼說。

我刻意不否認，反問她怎麼想出這個結論的。

「問過監護人，我好像還滿有錢的。你想矇騙記憶喪失什麼都搞不清楚的我，設陷阱給我跳，好騙走我的遺產吧？」

我忍不住苦笑。當初想騙我的灯花心情一定就跟我現在一樣。

「有什麼好笑的？」她紅著臉瞪我。

「沒有啦，只是忽然想起以前，覺得有點懷念而已。」

「請不要跟我打馬虎眼。不然，你能證明自己不是騙子嗎？」

「沒辦法啊。」我老實回答。「只是，如果我真的是想詐騙妳遺產的詐欺犯，何必扮演天谷千尋這個義者本人呢？扮演某個跟天谷千尋很像的人，不是更容易博得妳的芳心嗎？」

她為了反駁我，思考了一會兒後，用冷淡的語氣說：

「這可不一定。說不定你以為我已經分不清楚義憶與記憶。雖然義憶確實比記憶耐得住新型AD的忘性，可是一般人又不知道這件事。或者，你也可能以為我的心脆弱到分不清楚謊言與現實啊。」

「另一個可能是，我把義憶的影響力看得太大。」我搶在她之前先這麼補充。

「要不然，就是有什麼非扮演兒時玩伴不可的苦衷。」

「你虛張聲勢也沒用的，總之『天谷千尋』不是實際存在的人。」
「給妳看駕照或保險證明，妳大概也不會相信吧？」
「是啊，那種東西想偽造幾張都行。再說，就算你真的是天谷千尋本人，也無法證明你是我的兒時玩伴。真要說的話，義憶本身可能就是用來騙我的東西。」
我嘆口氣。真的好像看到過去的自己。
「還有，對了，也不能忽略你只是以此為樂的可能性。世界上就是有人喜歡玩弄別人的心，再躲起來偷偷嘲笑。」
「妳太悲觀了。就不能想成妳以前救過的男人現在來報恩嗎？」
她斬釘截鐵地搖頭。「我不認為自己做人有這麼成功。醫生宣判我來日不多後，連一個家人或同事朋友都沒有來探望我喔。可見我過去的人生既孤獨又無意義。我也完全沒留下相簿或日記之類的東西，這表示我的過去不值得留下回憶吧。或許死前失去一切記憶，對我來說反而是好事。」
「也許妳的人生確實孤獨。」我承認。「可是，那絕對不是無意義的喔，所以我才會在這裡啊。換句話說，妳就是我的『女主角』，我是妳的『男主角』。」
「……你在說什麼蠢話啊？」
接下來我們不斷重複類似的對話。
「你終究無法理解。」灯花以微微顫抖的聲音說。「就算是虛構，『天谷千尋』

的記憶也是我唯一的依靠。說他是我的全世界也不為過。你現在做的事，就是在污辱這個神聖的名字。我猜你假扮成他是想博取我的注意，只可惜這麼做只會有反效果。我只會憎恨想假裝成『天谷千尋』的你。」

「對，那對妳而言是比什麼都重要的記憶。」我反過來利用她說的話。「正因如此，才奇蹟似的免於遺忘。妳怎麼不會這麼想？」

「不可能。如果只有重要的記憶留下，這種特殊案例肯定早已發現過好幾個。比我擁有更美好回憶的新型ＡＤ患者應該要多少有多少吧。」

「可是，沒有人像妳這樣只對唯一一個人的回憶如此執著吧？我有說錯嗎？」

幾秒鐘的沉默，說明她的心正劇烈動搖。

即使如此，她仍頑固不退讓：

「不管你說什麼，這個記憶一定是義憶無誤。因為情節未免太完美了。每一段記憶都是那麼美妙，感覺得出那全都是按照我的心願一一創造出來的東西。這確實是根據我『履歷表』量身打造的義憶。為的是讓活過黑暗人生的我，至少能在虛構之中獲得一點救贖。」

我還打算繼續反駁時，院內響起通知探病時間結束的水晶音樂。是〈螢之光〉。

我們中斷對話，側耳傾聽那樂曲。

她肯定和我想起同樣的一幕。

「沒錯，這是某種詛咒。」我笑著說。

灯花假裝沒聽見，但原本強硬的表情中透露了一絲溫柔，我沒漏看這個。

「差不多該回去了喔。打擾啦，明天見。」

我站起來轉身，她說：

「再見，騙子先生。」

冷淡的語氣，但感受不到敵意。

我回頭說「明天我會早點來」，說完這句話才離開病房。

接下來的好幾天，灯花都叫我「騙子先生」。不管我說什麼，她都當作是騙子的甜言蜜語，不當一回事，還嘲弄地說「您今天也辛苦工作了」。

不過很快地，我就看穿她那也只是演技。頭腦比我好的她，早就察覺假扮青梅竹馬對我一點好處都沒有。她也早就察覺，我是真的對她好。

看來，灯花怕的不是被我騙，而是害怕與我建立親密關係。裝作冷淡的樣子，大概是想在兩人之間劃出界線。一不小心對我展現親近的態度時，她又會馬上把我當作騙子，拉開彼此的距離，藉此警惕自己。

我也不是不能明白她這樣的心情。確定很快就要離開這個世界的她，上路前一定盡可能不想增加多餘的行囊。對現在的她來說，「就要獲得的東西」等於「就要失去的東西」，生命的價值愈高，死亡的威脅愈大。她為了將生命的價值保持為零，名符其實想做到揮揮衣袖不帶走一片雲彩。

話雖如此，她似乎還沒豁達到能完全與我切割，每當我出現在病房時，一看就知道她很開心，到我快離開的時間，她又會顯得很落寞。曾有一次我因為情緒太激動而緊緊擁抱她，她也完全沒有抗拒，甚至在我放開她時，還依依不捨咬著嘴唇。有時她鬆懈了，對我脫口而出「千尋」，這種時候每次都會急忙在後面加上「……我是說，想假扮成千尋的詐欺犯」。

為了能盡可能增加和她在一起的時間，我向大學申請休學，打工也辭職了。不在病房時我就讀遍有關新型AD的文獻，明知這麼做毫無意義，還是想找尋延長她壽命的方法。當然，我做的這些努力都是徒勞無功。

✦

問她不在病房聽音樂嗎？灯花的表情就蒙上一層陰霾。

「我很想帶過來，但是我擁有的音源全都是唱片。如果要帶也只能帶一部分。既然如此乾脆全部放著不帶過來了……」

「現在後悔了嗎？」

「有一點啦。」她說。「單人病房白天很安靜是很好，晚上就有點太安靜了。」

「我就知道會這樣。」

從口袋裡拿出隨身音樂播放器，遞到她手中。

「妳喜歡的歌曲全都放進去嘍。」

灯花小心翼翼伸手接過，撥弄畫面確認操作方式後，將耳機塞入雙耳，按下播放鍵。

過了一會兒，她便聽得入迷了。臉上表情固然沒有太大變化，從搖擺的身體就能看出她正在享受音樂。看來她很喜歡。

為了不妨礙她聽音樂，我想暫時離開好了。悄悄從椅子上起身，她卻猛地抬頭，迅速拉下耳機，緊張地問：「那個……」

「……你要去哪裡？」

我說要去抽根菸，她才說「這樣啊」，嘆口氣重新戴上耳機，回到音樂洪流中。

按照自己倉促間扯的謊，我走到建築物外的吸菸室。抽三口就熄掉，靠在牆上閉起眼睛。回想剛才試圖挽留我的灯花，內心獨自激動。

無論原因為何，現在的她需要我。這讓我高興得難以自已。

隔天到病房探視時，灯花依然沉浸在音樂中。雙手放在耳機上，像在太陽下打盹的貓般瞇起眼睛，臉上帶著微微的笑容。

聽見我的聲音，她拿下耳機親暱地招呼：「你好啊，騙子先生。」

「你灌進去的音樂，我全部都聽了。」

「全部？」我情不自禁反問。「沒記錯的話，那些歌加起來長度超過十小時……」

「對啊，所以我從昨天到現在都沒睡覺。」

她雙手摀嘴打呵欠，食指揉了揉眼睛。

「沒有一首不符合我的喜好，現在正好開始聽第二輪。」

我笑了。「妳喜歡我很高興，但是最好睡一下。」

可是她根本沒把我這話聽進去。從床上探出身體，一邊出示播放器螢幕給我看，一邊興奮地說：「像這首，我已經聽超過十次了……」

這時，她像想起什麼似的拍手，拿起其中一側耳機塞進自己左耳，另一側遞給我。

「千尋也一起聽吧。」

她好像忘了要叫我「騙子先生」。不過，也難怪她會這樣。花了半輩子建立的播放清單，因為記憶的消失，現在等於從頭開始聽。對音樂愛好者來說，沒有比這更奢侈的事（也有可能新型ＡＤ的遺忘範圍不包括音樂，但是至少，她一定忘記這些歌和自己的關聯性了）。

我和她並肩坐在床沿，接過耳機塞進自己右耳。她將播放器調成單聲道模式，按下播放鍵。

暑假期間和她一起聽過好幾次的老歌，從耳機裡流洩。

第三首播到一半，灯花的眼皮開始漸漸下垂。身體像節拍器反覆規律晃動後，她往我身上一倒，躺在我大腿上睡著了。雖然心想扶她上床睡會比較好，這個姿勢讓我無法動彈。小心翼翼伸手調低播放器的音量，看著她安詳的睡臉，怎麼看都看不膩。

忽地冒出我即將失去這個人了的念頭，冷靜得彷彿作壁上觀。

那對我而言到底意味著什麼，現在我尚未完全理解。就像不太能理解世界末日對我究竟意味著什麼一樣。悲傷太巨大，巨大到用我的尺度不足以衡量。

不管怎麼說，現在該做的不是鎮日悲嘆或詛咒命運。那些事都先往後延吧，現在只要想如何豐富與灯花兩人共度的時間就好。想絕望，就等一切都結束之後再去絕望。到時候多的是時間讓我那麼做。

一覺醒來，灯花終於重拾冷靜。為自己躺在我腿上睡著的事道歉，盯著我的臉看，最後自我放棄般嘆氣。

「騙子先生真的很懂怎麼討我開心耶，好可恨喔。」

我暗自失望，稱呼又回到「騙子」了。

「好像有點累了。」她仰倒在床上，懶洋洋地說。「嗳、騙子先生，你現在在這裡告訴我實話，我就把全部財產送給你。反正我也沒有可以遺留財產的對象。」

「那我就告訴妳實話吧，我真的好喜歡灯花，喜歡得不可自拔。」

「騙人。」

「沒騙妳啦。妳應該也隱約察覺了吧？」

她翻個身背對我。

「……我這種空殼般的女人有什麼好？」

「什麼都好。」

「你品味好差。」

從她的語氣，我聽得出她在微笑。

✦

灯花開始逐漸在我面前綻放笑容。她會為我準備好椅子，我結束探病要離開時，她也會說「明天見」，躺在我腿上睡午覺也成了每天的日課（雖然她都會裝作只是不小心）。

聽負責照顧她的護理師說，我不在的時候灯花滿口說的都是我的事。「那孩子，整個上午都貼在窗邊看，等你出現等得好著急呢。」護理師偷偷在我耳邊這麼說。

既然都接受我到這地步了，何不相信我說的謊就好。但是，灯花她就是堅決守住這最後一道防線。我充其量只是打她遺產主意的「騙子先生」，而她是明知這點也無所謂地跟我這「詐欺犯」打交道而已。這個大原則她絕對不退讓，就像曾經的某人一樣。

某個黃昏，灯花靠在我肩上憂鬱地說：

「看在騙子先生眼裡，現在的我是最佳獵物吧。脆弱到了極點，只要稍微對我好一點，我馬上就會舉旗投降。」

應該說，幾乎已經舉旗投降了啦。她又這麼小聲補充。

「既然如此，妳乾脆認命投降，承認我是妳的兒時玩伴吧，這樣我會很高興的。」

「那沒辦法。」

「我真的那麼可疑嗎？」

停頓了一個刪節號的時間，她才回答：

「我大概知道你的善意不是謊言，可是……」

「可是？」

「可是，」她用乾澀的語氣說。「所有記憶都消失了，卻只剩下一個男孩子的記憶殘留。被家人拋棄，連朋友也沒有，那個男孩子卻每天風雨無阻來看我。我再也無法工作，沒有任何價值了，他竟然還說喜歡我。世界上怎麼可能有這麼好的事。」

「……是啊，我也這麼想。」

她跳起來，盯著我的視線像要射穿我的臉。

「承認你說謊了嗎？」

「不是喔。」我慢慢搖頭。「妳或許不相信我，但我非常明白那種把所有好事都看成陷阱的心情……可是啊，人生有時就會像這樣發生某種錯誤。凡事幸福的人生不是那麼容易擁有，同樣的，凡事不幸的人生也不是那麼容易擁有的啊。妳多相信一點自己的幸福也沒關係吧。」

這也是對過去的我說的話。

那時，我真該相信自己的幸福。

灯花沉默下來，像在思索我說的話。最後，她嘆了一口氣。

「不管怎麼說，事到如今就算擁有幸福，也只是一場空。」

壓抑心跳似的，將左手放在胸口，她露出虛弱的笑。

「所以，你還是當騙子先生就好。」

可是，這是她最後一天這麼嘴硬。

隔天，造訪病房時一眼就看見灯花抱著膝蓋坐在床上發抖。

聽到我的聲音，她抬起頭，淚眼婆娑地喊我的名字「千尋」。不是「騙子先生」。

接著，她搖搖晃晃下床向我走來，把臉埋在我胸口。

我輕撫她的背，思考她到底怎麼了。

不過，其實不用想也知道。

該來的還是來了，如此而已。

等灯花情緒穩定一點，我問：

「連義憶都開始消失了嗎？」

她在我胸口輕輕點頭。

一陣輕微耳鳴。

瞬間，一種彷彿世界從固定位置移動了幾公釐的不確定感來襲。

義憶的消失。

這代表她終於踏入真正的零。

這代表我們剩下的時間不到半個月了。

把記憶吃乾抹淨的病魔，即將對她的生命伸出毒手。

她在獲知罹患新型ＡＤ時，就確定會有這天的來臨。

以為早已接受，以為早有覺悟。

結果我什麼都不懂。

那天，我才明白開發「忘川」真正的意義。
人類想借助那極小機械的力量忘記的東西究竟是什麼，我到二十歲才終於明白。
那之後她連續哭了好幾小時，就像要把過去人生中強忍著吞下肚的淚水一滴不留地擠出來。
直到窗外的夕陽將房內染成淡橘色，她才終於停止哭泣。模糊的視野角落，看見她拉長的影子搖晃。
「噯，告訴我以前的事。」
灯花用沙啞的聲音這麼說。
「我和千尋的事。」

✦

我對灯花訴說起虛構的回憶。
初次相遇那天的事。一心認定她是幽靈的事。用腳踏車載她在鎮上四處跑的事。暑假每天去她家，隔著窗戶說話的事。新學期在教室裡重逢的事。她不適應學校，老師指定唯一認識她的我負責照顧她的事。每天早上去接她一起上學的事。無論平日或假日都片刻不分離的事。她總是握著我的手不放的事。升上高年級後，同學拿我們的關係開玩笑的事。兩人的名字在黑板上被畫成相合傘的事。我想去擦掉，她卻說放著別管就好的事。在昏暗的書房裡靠在一起聽唱片的事。她侃侃而談歌詞意思的事。假日獲准在她家過夜的事。兩人一起看電視上播的電影，看到激情戲而尷尬的事。遠足時在遊覽車上坐在一起的事。爬山時揹起筋疲力盡的她走的事。參加校外露營教學時在帳篷裡跟同學說了喜歡的女生是誰，隔天傳遍全班的事。一模一樣的事也發生在她身上的事。跳土風舞時和她配對，她從頭到尾都低著頭的事。六年級那年夏天她嚴重氣喘發作的事。後來好一陣子只要聽到她咳嗽我就會坐立不安的事。七夕時在許願紙條上寫「希望灯花的氣喘能治好」，她就紅了眼眶的事。上國中後開始參加社團，在一起的時間變少的事。升國二第一次分到不同班，因此開始意識到彼此是異性的事。不自在的態度漸漸消失，她總在教室裡等我結束社團活動的事。兩人一起記住錯誤的〈螢之光〉歌詞的事。升上三年級後，以與國小時不同方式被同學開玩笑的事。有一次我乾脆豁出去，故意跟同學加油添醋描述我們兩人之間的關係，之後大家就不再開玩笑了的事。她聽了這個之後就滿臉通紅的事。運動會時被選為大隊接力最後一棒，跑完後倒下被送到保健室，她在我身旁照顧的事。十五歲那年，不同尋常的夏日祭典的事。她的浴衣很漂亮的事。用打過預防針的方式狡詐接吻的事。那次的接吻不是第三次也不是第四次而是第五次的事。兩人努力裝作什麼感覺都沒有，試圖維持現狀的事。退出社團活動後，兩人在一起的時間增加，為此感到開心的事。為了安慰煩惱家人之間問題的她，偷拿家裡的酒出來，兩人一起嘗試喝酒的事。因為喝了酒做出有點踰矩的事。隔天尷尬地不敢看對方眼睛的事。準備園遊會時，周遭同學貼心讓我們獨處的事。在黑暗的教室裡說了平常不會說的話的事。從陽台看出去，月色很美的事。參加教學旅行，晚上偷跑出來見面的事。分組活動時，大家默許我們兩人單獨行動的事。為了考上同一所高中，一起在圖書館用功的事。從圖書館回家路上下了那年第一場雪的事。看著在雪與街燈下雀躍興奮的她出神的事。因為想牽手回家，兩人都故意不帶手套出門的事。新年參拜時，她比平常沉默的事。那時她已經知道要搬家的事。情人節收到她做得比往年都要更費工的巧克力的事。每年她送我的巧克力空盒都會保存起來的事。她發現這件事後取笑了我一番的事。得知她突然要搬家，狠狠對她發了一頓脾氣的事。第一次惹她哭的事。幾天後去她家道歉和好的事。承諾分開後也會去見她的事。畢業的日子愈近，她變得愈愛哭的事。邊哭邊笑，笑一笑又哭了的事。畢業典禮後兩人一起在鎮上散步，暢談回憶的事。搬家前一天，在空蕩蕩的書房裡講起英雄與英雌的事。那些或許曾在我們之間發生過的事。希望發生過的事。應該要發生的事。

我把所有想得起來的事都說了，不斷地說。灯花像聽搖籃曲一般露出安詳的表情聽我說。聽到還記得的情節時，就微笑說「真的有這事耶」，聽到已經忘記的情節時，就微笑說「真的有這事啊」，然後在手邊的藍色筆記本上寫下短短的筆記。

我談起七歲那年的回憶，她就變成七歲的女孩，我談起十歲那年的回憶，她就變成十歲的女孩。當然我自己身上也產生一樣的變化。就這樣，我們重新活過了七歲到十五歲的九年歲月。

察覺自己講了不包括在義憶裡的情節時，是敘述差不多到尾聲的時候。

灯花製造的「Green．Green」裡有滿滿的留白。或許是製作時間不夠，也或許是認為只要以最低限度配置具有效果的情節就足夠。不管怎麼說，那些留白都給了我自由解釋的餘地。我在不知不覺中發揮想像力填補了那些空白。

發揮自然而然的想像力補上自然而然的情節後，我為義憶補充了完整的細節。我填上的這些插曲自然而然融入灯花創造的故事，彼此共鳴，「Green．Green」一天比一天更添色彩。離開病房的時間，我都在持續構思兩人的故事。在我的解釋下，過往漸漸美化——只要我不對我自己的想像力說謊。

然而，連那些空白都填滿後，我就沒有足夠的回憶可以述說了。第五天，我已經說完所有義憶內容。把承諾會再相見，灯花搬家那天的事也講完後，就沒有其他可以說的回憶了。

空洞的沉默持續。

灯花天真地問：

「後來呢？」

沒有後來了，我在心裡這麼說。因為妳只製造了七歲到十五歲的義憶。故事漂亮地收尾，唯一知道那之後發生什麼事的那個女孩已經不在這世界。

即使如此，我還不能為故事劃下休止符。因為這故事是維繫她生命的最後一條線。總覺得這條線斷線的瞬間，她空洞的身體會被第一陣吹來的風捕捉，瞬間吹到遙遠的地方。

所以，我接棒繼承了灯花的幻想。

如果她的故事已經說完了，接下來就換上我說的故事。

用填補「Green・Green」空白時相同的要領，我為兩人十五歲到二十歲的人生做了精密的情境模擬。從兩人相隔兩地，到克服遙遠的距離，最後獲得堅若磐石的愛為止。我編出了正當的「續集」。

我講述著續集，灯花一如往常自然而然接受我說的故事。

接下來的每一天，我持續編造著謊言。像《一千零一夜》的舍赫拉查達，暗自祈禱故事拖得愈長，灯花就能活得愈久。

那兩星期，彷彿世界上只有我和灯花兩個人。我們這兩個人類最後的倖存者相互依靠，坐在陽光透過葉間灑落的簷廊，說著古老的回憶，親眼見證世界末日的到來。

很快地，我就要成為世界上最後一個人類了。

✦

只有一次，我作了個夢。夢到新型阿茲海默症的特效藥完成，灯花被選為新藥試驗對象，成功治癒了疾病，記憶完全恢復。是這樣的一個夢。我去接痊癒的她出院，在晴朗天空下擁抱，分享彼此的喜悅，打勾勾約定今後要一起創造真正屬於我們兩人的回憶。夢到這裡就醒了。

好廉價的快樂結局。我心想。這麼唐突，這麼牽強，這麼自圓其說的結局。或許在義憶裡還可以這麼做，要是這種結局出現在其他媒介，肯定會被挑剔。奇蹟這種東西，只被允許存在正傳以外的地方。

可是，那也沒關係。廉價又唐突，牽強又自圓其說，那樣也沒關係。編出再爛的故事也無所謂，我只祈禱那夢想能成為現實。

因為，甚至連開始都還沒開始。我們的關係從現在才要開始建立。靈魂深處相通的兩人之間，真正的戀情才剛要萌芽，到那時，我所度過的漫長孤獨時光才得以獲得回報。

然而，現實是在一切開始之前就結束。她才剛理解真正的我，片尾曲已經開始播送，我才剛理解真正的她，觀眾們已經從位子上起身。我們的戀情就像十月的蟬，無處可去，就此氣絕。一切的一切都已經太遲。

要是至少還能拿到一個月的緩刑期，那會怎麼樣？只會多加一個月的幸福與一個月的不幸吧。這是我思考一個晚上獲得的結論。正因為看到了幸福的可能性，分離才更加令人難捱。

在開始那一瞬間結束的戀情，與開始前一刻結束的戀情，哪一種比較悲慘？我想這大概是無意義的問題。因為那各有各的悲劇，各有各的悲慘，無法分出高下。

✦

故事這種東西，只要想寫，可以無限寫下去。但是，任何故事都有結束的時候，不是寫的人想結束，是故事本身提出結束的要求。一旦聽到那要求的聲音，就算還說得不夠，除了適時結束並且離開故事之外，沒有其他辦法。就像聽見〈螢之光〉的購物客。

十月某個下午，時針剛過三點時，我的耳朵就聽見那聲音了。於是我知道，該讓自己口中的故事結束。

其實還有可以放入插曲的留白，問題並非出在空白的數量不夠。而是我說的故事已經沒有應該再增添的部分。

作為一個故事，它已經完整。

繼續寫更多也只是畫蛇添足，我秉持說故事者的本能理解到這個。

坐在身邊聽我說的灯花，似乎也秉持前義憶技師的直覺理解了這個。她不再問「然後呢？」只是閉起眼睛沉浸在故事餘韻中好幾分鐘，然後下床走到窗邊，伸伸懶腰。最後，她輕吐一口氣，朝我轉身。

我知道她想說什麼。可是，有一種不能讓她說的感覺。要是讓她說了，就再也無法回頭。

我拚命找尋話語，想留住最後一線生機。可是，我已經找不到任何能再添上的字句。

於是，她開了口。

「噯，千尋。」

我沒有回應。這是我所能做出的最大抵抗。

她不以為意，繼續說道：

「今天在千尋來之前，我一邊看筆記本一邊想，為什麼你要為我做到這個地步，為什麼你會知道我義憶的內容，為什麼你要一直假扮成我的兒時玩伴。」

短暫沉默後，她露出虛無飄渺的笑容。

「千尋。」

再次呼喊我的名字。

「謝謝你陪我扯這個無聊的謊。」

對。

謊言這種東西，總有露出馬腳的一天。

她再次走到我身邊坐下，從下往上窺看低著頭的我。

「先說謊的人是我對吧？」

我沉默了很久，但也領悟到繼續沉默沒有用，只好承認「對啊」。灯花只說了聲「這樣啊」，瞇起眼睛。

不需要再對彼此說明更多。她用那驚人的想像力，光憑藍色筆記本內記下的片段情節就拼湊出事情的全貌。簡單來說就是這樣。

她並未顯得失望。話雖如此，對一切都是虛假這件事也沒有展現出高興的態度。她看起來只是感慨萬千地任思緒馳騁於我們之間上演的錯綜複雜故事。

往窗外看，一道細細的飛機雲橫過藍天，隨即消失無蹤。盤據八月天空的巨大積雨雲也不留蹤影，現在天上只有宛如汽車表面擦傷般小小淡淡的雲朵。

更遠更遠的地方，傳來平交道的警示鈴聲。聽見電車的警笛，車聲漸行漸遠，幾秒後，警示鈴聲戛然中止。

灯花輕聲低喃：

「如果全部都是真的就好了。」

我搖搖頭。

「沒這回事喔。正因為這個故事是假的，所以比真的更溫柔。」

「……說的也是。」

她像用手指包覆什麼似的，雙手交握在胸前，點點頭。

「因為是謊言，所以這麼溫柔呢。」

✦

最後有件事想拜託你。灯花說。這是她最後的謊言。

她從斗櫃抽屜裡取出包有白色藥粉的藥包遞給我。

「這是？」我問。

「千尋房間裡的『忘川』喔。你當初最早應該收到的，用來消除少年時代記憶的『忘川』。」

我望著手心裡的藥包，察覺她的意圖。

會在這時機將「忘川」還給我，為的一定是那麼回事。

「希望你現在，在這裡服用它。」

和我料想的一字不差，她這麼說。

「我希望千尋的少年時代只屬於我。」

既然這是她想要的，我就沒有拒絕的理由。無言點頭，走出病房買回自動販賣機的礦泉水。把水倒入灯花準備的杯子，打開藥包，將藥粉溶入水中。

一口氣喝乾。

沒有苦味，沒有異物感，喝起來真的就像只是喝水。

不過，「忘川」的效果過一會兒就會發揮了。就像不經意把手插入口袋，發現原本該在那裡的什麼東西不見了，可卻想不起那到底是什麼東西——那種籠統但又急迫的不安將陸續來襲。可是，在魔手碰到我之前，一切又都變成灰，隨風飄散。對遺忘的恐懼就是這麼回事。

「開始了？」灯花問。

「嗯。」我用手指按壓眉心回答。「好像開始了。」

「太好了。」

她鬆了一口氣。

「剛才說的是騙你的喔。」

接下來就是揭曉謎底的時刻了。

「……騙我的？」

我緩緩抬起頭。

眼前的灯花笑得落寞。

「剛才給千尋服用的『忘川』，是用來刪除與我有關的記憶。」

說著，她從斗櫃抽屜裡拿出另一包「忘川」給我看。

「這才是真的。」

眼前一陣天旋地轉。「忘川」似乎開始正式發揮作用了。陷入一種肉體從末端開始瓦解的錯覺，我忍不住張開雙手，伸展手指確認是不是十根都還在。

「抱歉，我滿口謊言。可是，這真的真的是最後的謊言了。」她這麼說，聽起來像歌唱。「記憶喪失前的我，好像直到最後都對給千尋添麻煩的事過意不去。即使如此，就算只多一天也好，她還是想盡可能待在你身邊。所以把清算一切的任務託付給她喪失記憶之後的我。」

灯花從床上站起來，撕開另一份「忘川」的藥包，朝敞開的窗外抖落內容物。奈米機器人如一股輕煙，隨風飄散。

她一個轉身，對我露出勇敢的微笑。

「包括我們相遇的事在內，全部都讓它們以謊言告終吧。」

我朝床頭時鐘望去。服下「忘川」已過了六分鐘。假設三十分鐘能消除所有記憶，那就還剩下二十四分鐘。無論如何抵抗，一旦喝下「忘川」，那作用就是不可逆。即使現在把胃裡的東西全部吐出來，奈米機器人也早已抵達我的大腦。

我放棄抵抗，只是問她：

「可以抱緊妳，直到忘記為止嗎？」

「可以啊。」她高興地說。「只是，全部忘光的時候，你可能會有點混亂喔。」

「我想也是。」

「到時候我會騙說是我拜託你的，就說我想在死前感受來自別人的溫暖。」

「這是妳的真心話吧？」

她笑了。發出介於「耶嘿嘿」和「嗯呵呵」中間的聲音。

✦

每隔一分鐘，灯花都問我：

「還記得我嗎？」

每次我都這樣回答：

「還記得喔。」

太好了。說著，她會用臉頰磨蹭我胸口。

✦

「還記得我嗎？」

「還記得喔。」

「太好了。」

✦

「還記得我嗎？」

「還記得喔。」

「好棒好棒。」

✦

「還記得我嗎？」

「還記得喔。」

「可是，應該差不多要忘記了吧？」

✦

一小時後。

灯花輕輕從我身上離開，愕然凝視我的臉。

「……為什麼你還記得呢？」

我忍不住笑出聲音來。

「滿口謊言也是彼此彼此呀。」

她似乎聽不太懂這句話的意思。

所以我也揭曉謎底。

「剛才我服用的，是用來消除少年時代記憶的『忘川』喔。」

「可是，你應該沒有機會調包……」

她說到一半就赫然住口。

沒錯，調包的機會多的是。

如果是兩個多月前的話。

「難道……」她倒抽一口氣。「你一開始就調包了？」

我點點頭。

「我相信灯花絕對會撒這個謊，所以剛才就服下了。」

把灯花親手做的菜倒掉那天，我搶在她之前，在房間裡動了點小手腳。沒錯，就是把兩個「忘川」調包。

當時我的想法是這樣的。現在她偷走的還只是備鑰，還沒對我屋內的「忘川」下手。可是，既然她是詐欺犯，一旦發現我有「忘川」，她就沒有不拿來惡用的道理。只需消除我少年時代的記憶，「夏凪灯花」在我記憶領域裡的佔有率就會相對提高。到時候，我就只有她了。

當然，想預防事態如此發展，只要把「忘川」藏到她看不見的地方就好。拿去放在大學或打工地方的置物櫃，再把櫃子鎖起來即可。然而，我卻故意將「忘川」留在她輕易就能發現的地方。這是我為了誘導她採取行動設下的陷阱。準備好絕佳的誘餌，事態一定會有所進展。

為了讓她上當，我事前將兩份「忘川」調包。只要搶先這麼做，就算她偷偷在我喝的東西裡加入「忘川」，我失去的也只會是關於「夏凪灯花」的記憶。

沒想到後來事情出乎我的意料，灯花偷走了我的「忘川」，用兩份假藥與原本的「忘川」調包。帶走的「忘川」一直放在灯花手邊，在記憶完全消失之前，她想到可以用那個來消除我腦中關於她的記憶。卻沒想到兩份「忘川」早就被我互換調包了。

灯花留言給未來的自己（她大概把留言設定在生命即將結束前才送到未來的自己手中）。然而，讀了過去的自己寄來的信，現在的灯花這麼想。就算要求「忘了我」，那個天谷千尋一定不會乖乖聽話。於是，她才故意謊稱「希望千尋的少年時代只屬於我」，設計我喝下她調包過的「忘川」。

她的失策，在於沒料到我也對她的個性瞭若指掌。在她說出「希望千尋的少年時代只屬於我」這種話的那一刻，我就知道這是謊言了。她確實是個只想到自己的自私的人，但不是那種到最後的最後還要從我身上奪走什麼的人。這明顯違反她的行為理念。

因為，她可是曾經想成為「英雌」的女孩啊。

我確信她撒了謊，毫不猶豫喝下她給的「忘川」。只要「忘川」依然是我當初調包後的那個，雖非出於她所願，我少年時代的記憶將會真的消失。

我賭贏了。現在，我的少年時代記憶裡只有灯花。

「……果然拿千尋沒辦法。」

灯花疲軟無力地倒在床上，一臉驚嚇的表情這麼說。

「千尋，你一定會成為比我更高明的說謊高手。」

「或許喔。」

我們相視而笑。非常親暱，像一對真正的青梅竹馬。

「那麼，既然剛才的已經是最後的謊言，接下來的問題，妳就要老實回答嘍。」

她緩緩起身。「什麼問題？」

「我沒忘記妳，妳很失望嗎？」

「完全不會。」她不假思索回答。「還能像這樣跟千尋說話，我高興得不得了。」

「能聽妳這麼說真是太好了。」

「噯、千尋。」

「什麼事？」

「要不要接吻看看？」

「……居然被妳搶先說了。」

「耶嘿嘿。」

我們的臉悄悄湊近。不再為了確認什麼，只為接吻而接吻。

✦

隔天，灯花病情急轉直下。至少醫生是這麼說的。不過我從她身上絲毫沒有感覺到「急轉直下」的危急感。像螢火蟲的光無聲融入黑暗中一般，她的臨終也是那麼靜謐安詳。

十月一個晴朗舒適的早晨，灯花短短的一生從此落幕。

宛如永恆的短暫夏日，宣告了結束。

12　我的故事

八月，某個星期六下午，我在原宿後巷巧遇以為此生再也不會見面的江森。我正好工作告一段落出來伸展筋骨，他則是來出差順便觀光。我們曾一度以為認錯人，就這樣擦肩而過，往前走幾步後彼此各自回頭，同時喊了對方的名字。二十歲那年夏天最後一次見面以來，睽違十年的重逢。

一聽說我在這附近診所工作，他就問我有沒有推薦的店。我說沒有特別值得推薦的，「既然這樣……」說著，江森走進眼前看到的店裡，買下一箱啤酒，調查距離最近這裡的公園，我們就去了那裡。

我們坐在噴水池邊的長椅喝啤酒。公園裡充滿植物呼吸的氣息與柏油路曬得發燙的味道。早上聽廣播說今天會是今年夏天最熱的一天，事實上確實非常熱。來公園的人多半躲在樹蔭下乘涼。我只穿一件T恤還好，穿西裝的江森把襯衫袖子捲到手肘，還不停拿手帕擦額頭的汗。

工作做得如何？結婚了沒？有沒有小孩？我們完全沒提及這類話題，就像每星期都會碰面的朋友那樣，天南地北聊些無關緊要的事。

一陣談笑之後，江森拍了拍手說：「對了。」

「半年前，我下定決心買了義憶。」

「是喔。」我裝作沒興趣的樣子。「是『Green．Green』嗎？」

「不、不是。」他豎起食指左右搖擺。「我選了一種叫『女主角』，最近才剛開發出來的義憶。」

「『女主角』。」我複誦一次。

「對啊，『Green・Green』或『男孩遇上女孩』雖然也很吸引人，最後我還是決定買『女主角』。不管怎麼說，這是最適合我的義憶了。和一般義憶不同，這不是單純的虛構記憶。它是在虛構的記憶中置入虛構記憶的子母構造義憶……」

我默默聽他說。

開發「女主角」的人是我的這件事，就姑且不提了。

灯花之死對我而言等同世界末日，對現實世界而言卻沒造成絲毫改變。大概都是這麼回事的吧。按照她本人的遺言，守靈或葬禮等儀式完全不舉辦，也不保留遺骨，當然更不會有墳墓。後來我去向灯花的父母致意，兩人都不記得女兒的事。他們大概做出跟我母親一樣的選擇了吧。就這樣，她在這世上活過的痕跡完全抹滅，簡直就像松梛灯花這個人打從一開始就不存在這世界似的。

我的生活恢復原樣，回到遇上她前的平淡日常。有時，我會懷疑那年夏天發生的事是一場夢。灯花只在我和極少數認識她的人記憶中勉強留下痕跡。只存在於記憶中的人。這麼一想，松梛灯花這個人跟義者幾乎沒兩樣。唯一決定性的差異，只在名字有沒有登記戶籍而已。

發現這一點之後，我再也無法將虛構作品一概視為創作出來的東西。仔細想想，「現實中發生過的事」和「現實中說不定發生過的事」之間沒太大差異。不、或許可以說完全沒有差異。就像同一種商品，只是一個貼上品牌標籤或保證卡，一個沒有，本質上還是等價。

對虛構作品產生全新認知的我，在灯花過世一年後從大學退學，成為義憶技師。完全不須經過特別的努力。和灯花在病房度過的那一個月期間，我學會了成為義憶技師需要的所有技能。試著投稿參加招募，一次就錄取了。

雖然沒有生前的灯花那麼厲害，我也成為頗具知名度的義憶技師，活躍於第一線。我不會依據自己的喜好挑選工作，但擅長的果然還是「Green．Green」及灯花創造的「男孩遇上女孩」，還有我自己提案開發的「女主角」。

同事們都覺得不可思議。這是因為，十年來沒談過一次像樣戀愛的我，為什麼能如此鮮明描繪出自己未曾體驗過的幸福？有人這樣問過我，我的回答是「正因為沒有經驗」。不過，這答案大概不正確。只是我也沒義務一一解釋，不再多說更多。

前幾天，我接受了某雜誌專訪。總覺得記者的名字好像在哪裡聽過，抱著一試的心態確認，還真的是灯花十七歲時採訪過她的記者。世上真有這麼奇妙的巧合。

「最後想請教您一件事。」記者說。「如果要用一句話形容義憶技師這份工作，天谷先生會怎麼說？」

想了一下，我這麼回答：

「編織世界上最溫柔謊言的工作。」

我從灯花那裡學到了這個。

我今年三十歲了。沒有結婚，也沒有特定伴侶。除了江森，沒有稱得上朋友的朋友。即使是國中時代唯一對我有好感的桐本希美，那次之後也沒有再見過面。我獨自住在離市中心搭電車一小時的安靜城鎮，每天早起泡咖啡，在晨光中工作，保持屋內整潔，做適度的運動，減少抽菸喝酒，讀書，偶爾去看電影，傍晚去超市買食材，回家做費工的料理，晚上聽唱片度過。健全得太過健全的生活，和那年夏天唯一不同的，頂多只有灯花不在我身邊。

我至今仍未接受她的死。或許應該說，也沒打算接受。至少今後十年我仍不想交朋友或女朋友。

這麼做不是為了忠於死去的灯花，想必她也不希望我這麼做。看到現在的我，她一定會傻眼地說「真是個傻瓜」。「把死掉的人忘記，趕快去過幸福日子有多好。」她大概會笑著這麼說吧。用一種好像抱歉，又好像同情，但又有點高興的表情。

所以，我不會愛上灯花之外的人。因為希望她永遠都在記憶中笑我「真是個傻瓜」，這些傻事我是不會改掉的。

我在自己製造的義憶裡偷偷動了點小手腳。就像小小的電腦病毒。我只在感覺頻率對的人體內讓這個病毒發作。病毒一發作，感染者就會陷入自己的「女主角」（或「男主角」）在這世上某處的幻覺，隨時感覺至今自己獲得的東西全都是假的，只有那個在世上某處的對象才是真實的，只要無法獲得那個真實，就永遠不會獲得幸福。

我之所以讓你遇到這種倒楣事，並不是為了增加自己的夥伴，也不是為了讓別人嘗到自己嘗過的苦痛。在這世上某處，有一個自己命中注定的對象——我打從心底相信這是一個真理。而我希望更多人相信這個真理，就算只多一個人也好。

這世上存在著命中注定的對象。那可能是應該成為你戀人的人，也可能是應該成為你摯友的人。又或者是應該成為你搭檔的人、應該成為你勢均力敵對手的人。總而言之，在這世界上，每個人都被分配到一個「應該相遇的對象」，可是大多數人終其一生都無法遇上這個對象，只能接受不完整的人際關係，這輩子就這樣過了。

那個對象，說不定是你經常光顧的便利商店裡笑容可掬的店員。說不定是你平日通勤電車上看見那個一臉疲憊的上班族。說不定是路過的電動玩具店裡一臉厭世的蹺課學生。說不定是路邊帶著忐忑不安表情和大包小包行李的旅客。說不定是早晨在鬧區街邊嘔吐的可憐醉漢。說不定是搭乘夜間巴士時坐在旁邊那個鼾聲很吵的男人。說不定是就擦身而過那麼一次的不起眼女孩。

無論如何，只要你遇到那個對象，一定會感受到難以言語表達的什麼。像聞到懷念的氣味，又像碰巧路過兒時造訪過的不知名城鎮時襲來的那種傷感鄉愁。不過，你就是無法相信自己的直覺。具備社會常識的人，認為所謂命中注定的對象是只會出現在電視劇或戀愛小說中的東西。

就這樣你錯過了命中注定的對象。這輩子無法再相遇第二次。幾年幾十年過後，你忽然回想起那天的事，發現對對方的印象別說變得淡薄，那本該什麼都不是的一瞬間卻比任何回憶都要耀眼。不、你笑著甩掉這個念頭，怎麼可能。怎麼可能會有那種像電影情節的事。你這麼說給自己聽，把閃亮的回憶封存在記憶最深處。

可是，如果你也是相信「女主角」的人，那事情就有點另當別論了。你和那個人擦肩而過之後，或許會在直覺引導下轉頭。這時，如果對方也是相信「男主角」的人，那麼她或許也會朝你轉頭。你們短暫凝視彼此，大概會從對方眼瞳深處看到某種重要的東西。當然，就這樣轉身繼續往前走的可能性要高得多。但是，即使如此，說不定，分不出你們其中一方誰先朝對方開了口，於是，你們可能就此初次得知自己誕生到這世上的意義。

為了多增加一個這種奇蹟，我想在人們心中留下適當的空白。這樣的空白，對日後的生活多半會有點礙事。無論過著再充實的日子，失落感會持續在你人生中投射小小的黑影。對，就像某種詛咒。

你或許會因此恨我。我甘願承受你的恨意。說到底，這個嘗試只不過是我的自我滿足。

✦

這個夏天結束時，我受邀回母校演講。睽違十年後重訪故鄉。結束演講，與相關人士簡單餐敘，寒暄道別後，我在鎮上漫無目的散步。沒看到值得注意的變化，散步一小時左右也就夠了。

坐在長椅上喝啤酒眺望夕陽，心想差不多該回去，正要起身時，一群穿浴衣的小女生笑鬧著從我面前經過。我當場呆立，愣愣望著女孩們的背影。

心想，有人在叫我。

朝小女生們遠去的方向走，很快就來到一個祭典會場。正好肚子有點餓，就在露天攤販買了串燒，坐在石階上一人吃起來。好久沒喝酒，瞬間就醉倒了。

我作了個短短的夢。雖然是個模糊到想不起夢境的夢，但那一定是幸福的夢。因為它讓我陷入非常悲傷的心情。

從瞌睡中醒來時，四下已是一片漆黑。涼爽的夜裡，蟲鳴中攙雜著幾種秋蟲的叫聲。

走出會場想丟垃圾，某處傳來什麼東西迸裂的聲音，我反射性抬頭，正好看見高高打上遙遠夜空的煙火。隔壁鎮在舉行煙火大會嗎？我低垂視線。
聞到和那天一樣的風的味道。
下意識放慢腳步。
轉頭往後看。
瞬間就在人群中找到了。
她也正轉頭看這邊。
對，是個女生。
黑色長髮留到肩胛骨。
穿著煙花圖案的深藍色浴衣。
引人側目的白皙皮膚。
紅色菊花髮飾。

我微微一笑，重新轉向正面，再次邁步前進。
似乎聽見背後傳來說再見的聲音。

✦

雖然僅只短短三個月，我曾有過一個青梅竹馬。

春日
ハルヒブンコ
文庫
111

記憶中的妳

君の話

記憶中的妳 / 三秋縋作 ; 邱香凝譯. -- 初版. -- 臺北市 :
春天出版國際文化有限公司, 2022.08
面 ; 公分. -- (春日文庫 ; 111)
譯自 : 君の話
ISBN 978-957-741-570-7(平裝)

861.57　　111011453

版權所有．翻印必究
本書如有缺頁破損，敬請寄回更換，謝謝。
ISBN 978-957-741-570-7
Printed in Taiwan

KIMI NO HANASHI
© 2018 Sugaru Miaki
This book is published by arrangement with Hayakawa Publishing Corporation through Future View Technology Ltd.

作　　者　三秋縋
封面插圖　紺野真弓
譯　　者　邱香凝
總 編 輯　莊宜勳
主　　編　鍾靈

出 版 者　春天出版國際文化有限公司
地　　址　台北市大安區忠孝東路四段303號4樓之1
電　　話　02-7733-4070
傳　　眞　02-7733-4069
E－mail　story@bookspring.com.tw
網　　址　http://www.bookspring.com.tw
部 落 格　http://blog.pixnet.net/bookspring
郵政帳號　19705538
戶　　名　春天出版國際文化有限公司
法律顧問　蕭顯忠律師事務所
出版日期　二〇二二年八月初版

定　　價　380元

總 經 銷　楨德圖書事業有限公司
地　　址　新北市新店區中興路二段196號8樓
電　　話　02-8919-3186
傳　　眞　02-8914-5524
香港總代理　一代匯集
地　　址　九龍旺角塘尾道64號 龍駒企業大廈10 B&D室
電　　話　852-2783-8102
傳　　眞　852-2396-0050